春夏

掌篇歳時記

講談社

掌篇歳時記　春夏　目次

装幀・装画　鈴木千佳子
監修　白井明大

冬至《とうじ》

一年で最も昼が短く、夜が長い頃。

瀬戸内寂聴

麋角解《さわしかのつのおつる》

大鹿の角が抜け落ちて、
生え変わる候。

十二月二十七日から三十一日頃。

❖乃東生《なつかれくさしょうず》

靫草《うつぼぐさ》（夏枯草《かこそう》）が
芽吹く候。
十二月二十二日から
二十六日頃。

❖雪下出麦《せつかむぎをいだす》

雪の下で
麦が芽を出す候。
一月一日から
五日頃。

瀬戸内寂聴

せとうち・じゃくちょう

一九二二年徳島県生まれ。
一九五七年に「女子大生・曲愛玲《チュイアイリン》」で新潮社同人雑誌賞、
一九六一年『田村俊子』で田村俊子賞、
一九六三年『夏の終り』で女流文学賞を受賞。
一九七三年に平泉中尊寺で得度、法名寂聴となる（旧名晴美）。
一九九二年『花に問え』で谷崎潤一郎賞、
一九九六年『白道』で芸術選奨文部大臣賞、
二〇〇一年『場所』で野間文芸賞、
二〇一一年『風景』で泉鏡花文学賞、
二〇一八年朝日賞を受賞。
二〇〇六年文化勲章受章。
一九九八年に『源氏物語』現代語訳を完訳。

年の数ほど引越してきたというのが、喜沙《きさ》の自慢の一つだった。男の数は、とてもそれには追いつかないと、酔えばおまけのように云《い》う。

それを聞く仲間の誰も白けた顔で聞き流す。喜沙の案外な身持の堅さを冗談や、時には本気で、口説いてみたことのある男友達ばかりだから。

離婚は一度だけれど離別の数は、本気で数えたことがないと笑い飛ばす。引越の数と男との離別の数が拮抗するという喜沙の言い種を、誰も信じてはいないものの、引越や別れの多さは、喜沙の飽きっぽい性格のせいだということは、みんな納得していた。

何をやっても続かない喜沙が、一つだけ続いているのが、イラストを描く仕事だけだった。軽妙で明るい喜沙のイラストは、年と共に軽薄度が増す世相のせいか、いつの間にか若い世代にファンが増え、ついでにイラストにつける短いことばが受けて、軽いエッセイまがいの文章の注文まで来るようになっていた。集《たか》ってくる男たちより、今では喜沙の収入の方が安定していたが、それを財《た》めるのが悪徳かのように気前よく使い果すので、若い男たちに人気が絶えない。

この年の暮も、突然、喜沙が引越を宣言した。

「もう都の暮しは飽きたから、ついに都落ちすることに決めた。行先は東北よ。岩手県の北の端、きみたち観も知らない、人口五千くらいのど田舎よ。熊が出て毎年一人か二人食われている。面白いでしょ」

誰も面白いとはうなずかない。

「温泉はないの？　東北の温泉ってなかなかいいもんだぜ」

「ないの、これから掘るつもり」

「え？　町長になるの？」

「なれたらね、永住するつもりよ。子供も育てたいし」

「ひえっ！　妊娠してるの喜沙？」

「するつもりなの」

「男が出来たんだ！」

「つづくかどうか未定だけれど……五つ年下なのよ、フランスの大統領みたいになるかもしれない」

「ひえっ、政治家志望なの、そんなやつ、ろくでもないよ、やめとけよ」

「つづかないかもしれないけど、やってみる。やつの才能に賭けてみる。塗物師《ぬりものし》として成功させてみたい」

「よせよう、喜沙らしくない」

座が白けて、次々席を立って帰ってしまった。

待っていたように坊主頭の小柄な男が入ってきた。

「荷物みんな出せた？」

「うん、みんな終った。あと喜沙だけ」

話しながら喜沙は手早く、キムチ鍋の支度をしてやる。男はこれから喜沙と東北の町で棲《す》む信介だった。信介は手品のように体のどこからか五合びんにつめたどぶろくを出してきた。喜沙が相好《そうごう》を崩してコップに二つ、なみなみと乳色のどぶろくをつぎ、信介と乾杯する。酒呑《の》みの父親の遺伝で、喜沙は離婚後、結構酒呑みになってしまった。日本酒も洋酒も呑むが、自分で漬けた梅酒が自慢で、これから行く東北の町の各家で造っているどぶろくにも目がない。仕事に不便を承知で信介との同棲を決意したのも、どぶろくの魅力にひかれてのせいもある。

信介は四国の仏壇屋の二男だが、父の代で成功した店は兄の長男が継ぎ、信介は父が手がけた仏壇の漆《うるし》塗りを身につけることになった。世界一だという日本の漆に魅了されて、脇目もふらず漆塗りに打ちこんでいる。漆では日本一の特産地である二戸《にのへ》市の浄法寺《じょうぼうじ》の町へ棲みこんでしまうほど漆に魅入られてしまった。

神経質な自分とは正反対の、のんびりした大まかな喜沙と知り合ってからは、あきらめていた結婚にも夢を持つようになった。
二、三度遊びに来ただけで、喜沙は人口五千足らずの町へ移る決心をしてしまった。
どぶろくとキムチ鍋ですっかり体も心も温たまった信介が言った。

「さわしかのつのおつる……」

「なに？　それ、お経？」

「ちがう。暦の中にあることば。今、冬至だろ、それくらい知ってる？」

「バカにしないでよ！　でも、よく知らない」

「ほら……おれが喜沙より物知りなのは、こんな旧《ふる》くさいことだけだ」

「どうして、そんなこと知ってるの？」

「じいちゃんに可愛がられたから。じいちゃんは戦争の後、シベリアへつれてかれて、捕虜になって、みんな帰ったのに、最後に帰ってきたんだって……兄弟の中で、おれのこと一番可愛がってくれた。漆が好きで、家の押入れを室《むろ》にして、自分で塗りはじめた。しまいに漆と柿しぶをまぜて新しい塗料を発明して特許取ったそうだ」

「ああ、いつか信が酔っぱらって話してくれたことがある。その塗料で廃物になってた造り酒屋の木のたる塗って大もうけしたんでしょ？」

「よく覚えてるなあ、その通りだよ。でもシベリアの記憶がよみがえると、ノイローゼがひどくなって、自殺しかけるので、ばあちゃんが苦労してた。昼間から、家中の戸を閉めて、まっくらな部屋の隅に猫みたいにうずくまって、死んだふりするんだ。子供のおれがその真似して、よくばあちゃんにひっぱたかれた」

「でもその人、家族のみんなが死んだあと、九十九まで長生きしたって？」

「よく覚えてるね、だから遺書を五回も書きかえてあった」

「逢《あ》ってみたかったわね」

「阿波踊りうまかったよ。色町の芸者たちが、よく身の上相談に来てた」

「イケメン？」

「ちっとも、でもどっか粋《いき》だったかな」

「そうそう、さっきのチンプンカンプンのこと……」

「さわしかのつのおつる」

こういう字だと、信介はそこにあった新聞紙のはじっこに、ボールペンで書いて読んでみせた。

「麋角解、さわしかのつのおつる」

「お経みたい」

「お経じゃない。暦の二十四節気《にじゅうしせっき》の冬至の中の七十二候《しちじゅうにこう》のことばだ。十二月二十七日頃、つまり、今日のこと。奈良の鹿だって角を人間が落とすだろ？　すておいても鹿の角は落ちる時がくる。さわしかは、明日行く天台寺の御山《おんやま》に居るよ、おれは何度か見た」

「ええ？　ほんと？　あたしも見たい」

「はじめて御山に登った日、目の前の空中をすっと横に飛んで走ったんだ。びっくりしたなあ、奈良の鹿なんかより、ずっと大きくて、スマートで、飛ぶスタイルが粋だった。速くて、一瞬の夢みたいだったから神秘的だったよ。それから二度出逢ったかな、いつも飛んでいた。向うが怖がっていたのかも」

「ああ、早く行きたくなった」

「明日出発だろ？」

「夢の中で今夜行けるかも、あたし、仕事をいっぱいするわ、空中を飛ぶさわしかのことだって、そのお山で亡くなられたという南朝の天皇のことだって、いくらでも描けそう。それから、その空気と水の清らかな、人の心も汚染されてない町で、信との子供産みたいわ、早く来い来い、あたしたちの赤ちゃんよ、さわしかのように飛んで来い」

「あ、どぶろく、ほとんど、喜沙ひとりで呑んじゃってる」

「だって、美味しいんだもの、あたし、大家の中田さんのおばあちゃんに造り方教えてもらってどぶろく造るから」

「あの町では今はもう公けに解禁で、いくらでも売ってるよ」

「でも、あたしが造る方が美味しいに決ってる」

「だめ、だめ。そんなとこで眠っちゃ風邪ひくよ。さ、ベッドへかついでゆくよ」

「今夜はだめよ、酔っぱらいの赤ん坊出来たら困るから……ウーイ、さわしかのつのおつるう……ううい……」

「新生活出発は、冬至十二月二十七日なり」

小寒《しょうかん》

寒さが極まる一歩手前の頃。

雉始雊《きじはじめてなく》

絲山秋子

雉の雄が、雌に恋して
鳴き始める候。
一月十六日から十九日頃。

❖芹乃栄《せりすなわちさかう》
芹が盛んに
伸びる候。
一月六日から十日頃。

❖水泉動《すいせんうごく》
地中で凍っていた
泉が動き出す候。
一月十一日から
十五日頃。

絲山秋子

いとやま・あきこ

一九六六年東京都生まれ。
二〇〇三年「イッツ・オンリー・トーク」で
文學界新人賞を受賞しデビュー。
二〇〇四年「袋小路の男」で川端康成文学賞、
二〇〇五年『海の仙人』で芸術選奨文部科学大臣新人賞、
二〇〇六年「沖で待つ」で芥川賞、
二〇一六年『薄情』で谷崎潤一郎賞を受賞。

晴れた日の朝は、夜明け前よりも太陽が昇ってからの方が冷え込みます。東京よりもずっと寒いと思います。外水道は凍るけれど家のなかは凍らないぎりぎりの気温。廊下の天窓には夜中についた霜が光っていて、わたしは毎朝「エスキモーの氷の家・イグルー」と唱えます。サネスケはまだ寝ています。目を覚ましてもあったかい布団のなかから出てきません。わたしは容赦なく湯たんぽを取り上げ、そのお湯で洗濯を始めます。

玄関では、たぬ吉くんが待ちわびています。女の子なのに「たぬ吉くん」です。鼻のまわりだけが黒くて狸みたいな犬なので生まれた家でそういう名前がつけられました。庭に放してやると嬉しそうにお尻を振って跳ね回ります。まだ三歳で、とても元気です。寒いのはいっこうにかまわないらしく、昼間は庭で過ごしています。

わたしは庭に出るとまずは鉄ペグを持って来て、たぬ吉くんの飲み水であるバケツの氷を割ります。鉄ペグというのは、キャンプのときにテントやタープを地面に固定するための短い棒です。十二月までは石で叩いて氷を割っていたのですが、最近、石器時代から鉄器時代に進みました。石の前は木の棒だったけれど、木器時代という区分はありません。木の器や武器は有機質だから腐ってなくなってしまうということも、加工するのには骨や石を使ったこともありますが、歴史は証拠のないものに名前をつけないからです（わたしは博物館に勤めているので、ついつい歴史の話になると細かいことが言いたくなります）。

さて、鉄ペグで突いているうちに氷に穴が空き、いくつかの穴が繋《つな》がるとやっと蓋《ふた》みたいな氷が割れて、取りのけることができます。厚みは三センチくらい。日に透かすとガラスの皿のようでちょっと勿体《もったい》ないようですが庭に投げます。わたしは、流しに捨てた氷でも、庭に捨てた氷でも、いつの間にかなくなっているのが好きです。

年が明けてから隣の家の庭に黄色い蠟梅《ろうばい》がたくさん咲きました。久しぶりに花というものを見た気がします。梅はまだつぼみだし、水仙やスノードロップも東京と違って三月にならないと咲きません。刈り取った後の田んぼには、明後日の道祖神祭《どうそじんまつり》のどんど焼きのための大きなやぐらができあがっています。背の高い竹を組み合わせたやぐらは円錐形で、小屋の部分の壁は藁《わら》でできています。真っ青な空に竹の緑が映え、てっぺんにくくりつけてある真っ赤な達磨《だるま》が朝日を浴びて輝いています。クリスマスツリーなんかより余程見栄えがいいと思います。どんど焼きは正月の注連飾《しめかざ》りや門松、去年の達磨などをやぐらごと燃やす豪快な行事です。まゆだまと言って、色とりどりのお餅を木の枝に刺したものを、どんど焼きの火であぶって食べるのを、この辺りのこどもたちは楽しみにしています。

道路脇の溝に僅かに残った水は完全に凍っています。段差のところでは氷がつららのように垂れ下がっています。水が流れながら凍ってしまったことがわかります。散歩はこの用水路沿いから取水口へ、そのあとは川沿いの道をだらだら下っていくのです。わたしは毎朝、歩きながら犬体操をします。片手に紐を持って空いている方の腕をぐるぐる回し、体を後ろに捻ってから脇を伸ばします。紐を持ち替えて反対側も。犬が最初に立ち止まったらアキレス腱を伸ばし、二度目に立ち止まれば伸脚をします。身体がほぐれてくると、ぽかぽかしてきて気持ちがいいのです。

カーブを曲がって橋のところまで来ると景色が大きくひらけます。関東平野に半島のように突きだした山々が三重になっているのも見えます。手前のなだらかな丘は観音山丘陵、その奥のどっしりしたのが御《み》荷《か》鉾《ぼ》山地、一番奥の山脈の、平野に細長く突きだしているところが埼玉県の寄《より》居《い》町《まち》のあたりです。この山脈はずっと奥まで繋がっていて御荷鉾山地の向こうに高い峰をのぞかせているのは秩父市になります。夏は霞んでほとんど見えませんが、空気のきれいなこの時期は山がとても近く、クリアに見えるのです。

橋を渡れば遠くに八ヶ岳の峰が雪をかぶってきらきらと輝いていて、西にはほかのどんな山にも似ていない妙義山、碓氷《うすい》峠《とうげ》をはさんで北西には浅間山が見えます。浅間山は軽井沢よりも、こちら側から見るのがかっこいいのです。富士山のような形をしていますが裾まで雪をまとっているので、生クリームをたっぷりと塗ったケーキを思い出します。ユーハイムのフランクフルタークランツを食べたことがありますか。わたしたち姉妹が大好きだったケーキです。山は真っ白ですが、この辺りではそんなに雪は降りません。降る回数としては東京と同じくらいです。

さて、一心不乱に進んでいたたぬ吉くんが、立ち止まってこちらを見上げました。気が済んだということみたいです。折り返せば正面には優しいかたちの峰が並んだ榛名山、東側には堂々たる裾野を広げた赤城山があります。駅のそばからは榛名と赤城の間に真っ白な谷川岳も見えますし場所によっては、赤城や榛名よりずっと古い山である子持山が顔を覗かせます。いいお天気で、まだ風も出ていないのですが、赤城山の北面には灰色の雲がかかっていて、沼田市や昭和村は雪かもしれないとわかります。谷川の向こうはきっと大雪でしょう。

サネスケはわたしが散歩に出かけた後に起きるのです。家に戻れば朝食の支度が始まっています。

「冷凍ごはんが一つしかなかった。雑炊のひと。パンのひと」

わたしはパンのひとです。お正月は餅ばかり食べていたのでパンが欲しいのです。同じ理由でサネスケはお米がいいと言います。雑炊を作る前に分けておいた昨日の豚鍋のだしは、薄めてドッグフードにかけてやるとたぬ吉くんが喜びます。サネスケがベーコンエッグとサラダを作ってくれる間にたぬ吉くんもごはんを食べ終わり、わたしたちが朝ごはんにするころにはベランダの日なたでくるくる回って寝床を定めると脚を舐《な》め始めます。じきに毛布の上に丸くなって尻尾の方に鼻面をつっこんでぐっすり眠ることでしょう。

わたしたちはダイニングテーブルに向かい合って朝ごはんを食べます。

「昨夜、地震があったね」

サネスケはレンゲを置いて言いました。かれは猫舌なのでできたての雑炊を食べられないのです。

「気がつかなかった。何時頃？」

「十二時過ぎかな、揺れたよ」

「まだ仕事してたの」

「うん」

「ロミオは鳴いた？」

「鳴いた。今年初めて生存確認ができた」

ロミオというのは裏に住んでいる野生の雉。地震が来ると、揺れる前に「キキーッ、キキーッ」と、警戒の声で鳴きます。なぜロミオかと言うと、毎年春先になると、寝室の窓の下で求婚の歌を歌うからです。求婚の歌は、警戒音とは違う「ケ！　ケーン」という声です。シェイクスピアの『ロミオとジュリエット』を知っていますか。恋人の家の窓の下に忍んでいって愛を語る、そのロミオにちなんでいます。

「ロミオって越してきたときにはもう住んでたよね。同じ鳥なのかな」

「子供の代かもしれないよ」

そう言いながらサネスケは調べ始めます。設計士という仕事柄なのかどうかは知らないけれど、気になったらすぐに調べないと気が済まないひとです。雉という鳥は地震のときも揺れる前に鳴きますし、朝も日の出のちょっと前に鳴くのですが、せっかちなところはサネスケと似ています。

「十年から五十年だって。大ざっぱだな雉の寿命」

「十年なら同じ鳥かもしれないね」

わたしたちが結婚してここに来たのは八年前ですから、それからのおつき合いということになるのかもしれません。でも、住んでいるのはロミオだけです。雉はちょっと変わった鳥で、お嫁さんがあちこちにいて、お嫁さんの方からロミオのところに訪ねてくるのです。

「非常食としても、長持ちだな」

サネスケは何かあったら雉を捕まえて食べるつもりなのです。わたしはいやだなあと思います。

「やめてよ。名前つけた動物は食べられないんだよ」

「いざとなったら食うよ俺は。桃太郎だってそのつもりで連れてったに違いないんだ。まあ、猿は食えないけどさ。鬼ヶ島できびだんごが尽きたら最初にやられるのは雉、そのつぎは犬だろう」

「それじゃ、太郎が鬼みたいじゃない」

「じっさい、そうなんだ。内なる鬼が太郎のなかにいるんだよ」

「捕まえられるはずがないよ」

雉が走るのをみたことがありますか？　びっくりするほど走るのが速いのです。たぬ吉くんでも追いつけません。ましてや小太りのサネスケなんかに捕まるはずがありません。

「そこは知恵くらべだよ。飛べないだろ雉って」

「飛ぶよ！」

思わず大きな声になりました。こんなに近くに住んでいて、そんなことも知らないのかと思ったのです。

「へただけど飛ぶよ！　前に鳥の研究者の先生が『鳥だって飛びたくて飛んでるわけじゃな

い』って言ったけどあれほんとだと思う。やむを得ないときに飛ぶんだよ」

「うそ。それほんとにロミオ？」

「ロミオだってば。あぶなっかしかったけど、こないだなんか裏の小学校越えたんだよ」

でももう、仕事に出かけなければならない時間です。わたしは慌ただしくお化粧をし、その間にサネスケがテーブルと食器を片付け、ゴミ出しの準備をしました。二人とも出勤は車です。


仕事が終わると、買い物をして帰ります。随分日の入りが遅くなりました。太陽が山の陰に隠れてからの明るい時間が長く感じられます。気温がすとんと下がります。昼間に激しく吹きつけた空っ風は完全に止んでいるので、街の中でもとても静かで、なんだか別の日のような気がするのです。今日はほうれん草が安かったので、ホタテ貝の紐と一緒にグラタンにしました。わたしは全然平気なんだけれど、うちにはシチューやグラタンは白いごはんと合わないと言って騒ぐひとがいるので、鶏を茹《ゆ》でてそのおだしとしめじでごはんを炊きます。海南鶏飯《ハイナンチーハン》といいます。

「昼はなんだったの」

できあがった鶏飯をよそいながら、サネスケが聞きます。そして私が答える前に「俺はなめこ蕎麦だった」と言います。

「とんかつ。そうそう、とんかつ屋で珍しいひとに会った」

「俺も知ってるひと？」

「映画祭のボランティアで一緒だったコシガヤさん」

「ああ、草木染めのコシガヤさんか。そりゃ珍しいね」

田舎ではよくあることですが、夫婦で共通の知り合いは多いのです。気の合いそうなひとがいるよ、と友達に紹介されたら、以前から知っているひとだったりします。

「たまたまカウンターで隣だったの。最初気がつかなかったんだけど、豚汁の蓋をちょっとだけ開けてね、まるで豚汁に挨拶してるみたいだなって思って顔見たらコシガヤさんだった」

「ほう」

「でもなんか恥ずかしいよね。一人でとんかつ食べに行くときって、みなぎってるときだから」

「大盛頼んだときもそうかな。ていうか、あなたみなぎってたの？」

「午前中の会議がくだらなくてね。えいやっと思ってとんかつ食べに行ったの」

とんかつを食べると幸せな気分になりますが、ちまちました気分のときは食べる気になりません。なにかを吹っ切りたいとか、希望を見いだしたいという強い気持ちがなければ、女一人でとんかつ屋に入れません。コシガヤさんにもきっと何か気合いを入れたい事情があったのでしょう。話はしなかったけれども目が合うとにやりと笑って、不思議な連帯感が生まれました。

「そういや、七十二候《しちじゅうにこう》で『雉始めて雊《な》く』っていうのがあるんだ」

サネスケは昼休みに調べたらしいのです。七十二候ってなんだっけ、と聞くと、ちょっと得意そうに教えてくれました。

昔の暦にある季節の節目で、春分とか夏至という言葉なら聞いたことがあるでしょう? 全部で二十四あるので、二十四節気《にじゅうしせっき》と言います。冬なら立冬や冬至、そして年が明けると小寒です。七十二候はそのさらに細かい分類です。実質五日間くらいのことだそうです。

「雉が鳴くって、いつなの?」

「ちょうど今頃だよ。今年は十五日から」

「じゃあ、道祖神の日だね」

「でもまだ雉なんて鳴かないよね」

「まだ早いよな」

少し黙って、それから二人同時にあっと思いました。

「旧暦だから!」

「新暦だといつかな」と言いながら、サネスケは素早く確認しました。「三月初め。旧暦の一月十五日が三月二日だって」

「なら、あり得るね。三月なら鳴くよ」

地震のときに雉が鳴くことを知ったのは二〇一一年の震災の年でした。余震におびえた時期、人間だけじゃなくて鳥も怖いのだと思ったことを思い出します。そして、明け方の求婚の鳴き方とは違うこともそのときに覚えたのです。

七十二候は文章になっているので面白いですよ。「ぼたん花さく」とか、「つばめ去る」とか、「霜はじめて降る」とか。昔のひともわたしたちと同じように景色や花や動物を見ていたことがわかります。もしも興味があったら、一緒に調べてみましょうね。


ご両親の事故のこと、ほんとうに残念で悲しかったです。わたしにとって、あなたのお母さんは仲良しの大事な妹だったので今でも信じられない気持ちです。ごはんはちゃんと食べられますか?　夜はぐっすり眠れますか?　つらい思いをされているところに、こんなのんきな手紙で、呆れてしまったかもしれませんね。今日、この手紙を持っていくのはわたししたち夫婦はこんなところに住んでいて、およそこんな暮らしをしているよ、と伝えたかったからです。

のんびりで間が抜けているかもしれないけれど、よかったら一度、遊びにいらっしゃい。それで来年から田舎の中学校に通ってみてもいいなと思ったら、ずっとここにいていいんです。もちろん、大人になるまで住んだっていいんです。たぬ吉くんといっしょに、お待ちしています。

大寒《だいかん》

一年で最も寒さが厳しい頃。

伊坂幸太郎

鶏始乳《にわとりはじめてとやにつく》

鶏が卵を産み始める候。
一月三十日から二月三日頃。

❖款冬華《ふきのとうはなさく》
蕗《ふき》の花が
咲き始める候。
一月二十日から
二十四日頃。

❖水沢腹堅《みずさわあつくかたし》
沢の水が
堅く凍る候。
一月二十五日から
二十九日頃。

伊坂幸太郎

いさか・こうたろう

一九七一年千葉県生まれ。
二〇〇〇年『オーデュボンの祈り』で
新潮ミステリー倶楽部賞を受賞しデビュー。
二〇〇四年『アヒルと鴨のコインロッカー』で
吉川英治文学新人賞、
同年「死神の精度」で日本推理作家協会賞短編部門を受賞。
二〇〇八年『ゴールデンスランバー』で
本屋大賞と山本周五郎賞を受賞。

ぎゅうぎゅうと前方から押してくる風が、大量の雪を礫《つぶて》のように投げてくる。それを前傾姿勢で受けながら、うしろにひっくり返されないように、なにしろ背後には妻がいるのだから、重心に気を付け、一歩ずつ足を前に出す。

積もった雪から抜いた片脚を、前方に放り投げる。引き抜いては突き刺すを繰り返し、前進する。

被った帽子が重い。飛んでくる雪が付着し、耳は冷たさですでに麻痺《まひ》している。

ブーツは良かった。

五年前、山の下で、今の場所からずっと南西の、あの時はこれが果てだとしか感じられなかったあの山、その麓《ふもと》で拾ったものだが、なぜかほとんど新品で、防水に優れ、おまけにサイズがぴったりで、足の指がもげてしまうような感覚は少し、マシになっている。

後ろを見る余裕もない。妻がちゃんとついてきてくれているかどうかは確かめられないが、ついてきているに決まっていた。最初はこのような長旅になるとは思いもせず、何しろ産婆に会いに行くだけのつもりだったからなのだが、ただとにかくこの旅をはじめてから何十年と、妻はずっと後をついてきてくれている。

ダウンコートは首のあたりまで覆っている。その隙間を狙うかのように、雪が飛び込んでくることもあった。いちいち冷たがっている余裕もない。

ひときわ大きな風が前から吹いた。

うしろに押し倒されそうになった。大丈夫か、と妻に声をかけたかったが、振り返ることはできない。

風がふっと止んだタイミングで、彼は右手を振る。岩壁があるのだ。休もう、と指示を出すつもりで、腕を揺すった。

分かりました、そうしましょう。妻の返事は聴こえなくとも届く。

岩壁は、予想以上に風を防いでくれた。背中を寄りかからせるようにし、座る。尻から冷たさが体に沁み込んでくる。

隣に腰を下ろした妻が、その大きく膨らんだ腹を撫《な》でる。暖めてあげているのか、機嫌を伺っているのか。

動く？

時々、ちょっと。出産近くになってくると、胎動は少なくなるんだね。

妻の返事に男は微笑《ほほえ》む。いつかな、とはもはや聞かない。もうそろそろかな、とも、まだかな、とも言わない。出産近くも何も、予定日ははるかに過ぎ、予定の年がいつだったのかすら思い出せない。

僕が追いかければ追いかけるほど逃げていく。隣の畑に飛び出していくかと思えば、そうでもなくて、また喉《のど》を鳴らすようにして、平然と近くを歩いている。首を前後に動かし、前進する。

風が、着ているパーカーの襟元に入り込んで、ひやりとさせてくる。雪は降っていないものの、手がかじかむ。

逃がすんじゃないよ。籠《かご》は用意できているか。

開けっ放しの窓から、おとうさんが顔を出した。

ああ、うん。足元にあった霜柱を踏んでみる。

ニワトリはひょこひょこと歩きながら、時折、嘴《くちばし》で地面をつついた。のんびりしているような、急いでいるような。

ほんとうにあっという間だったね。おかあさんが庭に出てきていた。いつものグレーのコートに、マフラーを巻いている。

あっという間？

だって縁日でもらってきたの、ついこの間でしょ。

夜の縁日で、髭《ひげ》を生やしたおにいさんが、長い箱の中でうごくひよこたちをかき混ぜ、眺めている間にもどんどん数が増えていっているようにしか思えなかったのだけれど、とにかく、一回、てのひらに載せると、あまりにも愛らしくて、手放せなくなった。

メスだったら卵産むよ。毎日、ただで卵が手に入るなんて、すごくない？

おにいさんの言葉は魅力的で、僕を後押しし、うしろにいるおとうさんたちに、必死の思いでそれを見せた。

自分の手の中で動く、小さなふわふわふわとした生き物は、脆《もろ》そうで、けれどくすぐったかった。

いったいどうやって親を説得したのか分からないが、気づけば家の中にひよこを歩かせていた。動きを眺めているだけで時間が過ぎ、布団にどうにか入れて一緒に眠れないかと頑張るものの、さすがに無理で、ただ、その小さく黄色い物がちょこまかと生きていること自体がどきどきし、一回だけ、試しにぎゅっと手で包み込み、閉じ込め、少しずつ握った。嘴で指を突かれるのも構わず、力を込めた。このまま思い切り、ぐしゃっとやったら。このままだと本当に、と思った瞬間、高いところから飛び降りるのにも似た感覚があり、手を開いた。

　鶏冠が大きくなったらオスらしいよ。

　おとうさんから教えてもらってからは、毎日、頭ばかりを気にした。どうか生えてきませんように、大きくなりませんように。

　毎日、ただで卵が食べられる。卵がそれほど好きなのかどうかはどうでも良くて、それは本当に、自慢できることだろう、と興奮した。

　だから鶏冠が大きくなり、足のうしろに爪が見えてきても、まだオスと決まったわけじゃない、メスでも少しは大きくなるんじゃないか、と思っていたし、威張るような姿勢になって、しまいにははっきりした声で鳴きはじめた時も、まだまだ決まったわけじゃないよ、と自分に言い聞かせていた。

　庭にはいつの間にか、おとうさんが作った小屋ができて、朝はいつも空を突く鳴き声で起きるようになった。

　ひよこだった頃の面影はゼロで、形も色もよくもここまで変わるもの、と感心するほど成長し、もはや僕の手で握ることなんてできなくなったけれど、時折、庭に彼を出して、追いかけっこをしたり、餌《えさ》をあげたりは楽しかった。

　犬を飼っている、猫がいる、と話す同級生に、うちにはニワトリがいる、と話すとたいがいは驚かれ、うらやましがられ、そのたびに誇らしかった。

よしそろそろ入れるぞ。

おとうさんが前に立っている。大きな籠を構えて、ここに追い込んで、と言った。

預かってもらうのだとおとうさんは言っていた。家族で旅行に行くあいだ、知り合いに。

ニワトリが留守番しているわけにもいかない。目覚まし時計なら止めていけばいいけれど、
これは毎朝、誰もいなくても鳴いているだろうし。

手を広げて、追いかけながら、ニワトリを籠の中に誘導する。

がしゃんと閉じられた入口の扉は、やけに激しい音を立てた。

籠を持ったおとうさんはその中を見ようとせずに、車へと運んでいく。僕は追った。

家の前の道を通りかかったおじいさんが、こちらをじっと見ていた。暖かそうな帽子をかぶってよく見えなかったが、うちに何度か不機嫌そうにやってきたことがあるあの人だ。母が足早に近づき、話しかけている。頭を下げ、父のほうを指差す。父ではなく、父の持つ籠だった可能性もある。

壁は風と雪から守ってくれ、彼らは一息つけた。

どれくらいぶりだろう。

横に座る妻が、彼に言った。

何が。

雪のない地面を見るのが。何年ぶり？

ああ、地面。男はしゃがんだ尻の下を改めて、確かめる。白くもなければ、冷たくもない土の感触は新鮮で、むしろ雪よりも眩《まぶ》しく感じられる。

妻のおなかはまた大きくなったように見えたが、さすがに気のせいか、とも思った。十月《とつき》十日《とおか》、三十七週から四十一週、その時期を過ぎても出産とならなければ、過期産と呼ぶらしいが、十倍、二十倍の期間が経過しているとなると、もはや、時期が過ぎたというよりも、想像妊娠、もしくは、時間の進みに異常が起きたのではないか、と思いたくもなった。もしかすると、次世代ではなく、次々世代を産む役割を担ってしまったのか。

日銀の異次元金融緩和なんてものがあるくらいだから、時間の進みが異次元にねじれ曲がるくらいのことはあってもおかしくないのでは。

そうつまらないことを口にしたのだって、前世紀のことだったのかもしれない。

おなかに手をやり、撫でている妻を、男は眺める。

強風の音が鳴っている。前方は舞い上がる雪の粉でほとんど、真っ白で、盛大に撒《ま》かれた花吹雪が乱れ飛んでいるかのようだ。

僕は後部座席に乗り、隣に置いた籠を見た。突然の車移動に、さすがに彼も驚いているのかもしれない。暴れるでもなく、小刻みに首を動かし、きょろきょろしている。

心配しないで大丈夫だから、と笑ってしまう。言っても分からないかもしれないけれど、ただ僕たちが旅行に行っている間、預かってもらうだけなんだから。

どういう人？

運転席のおとうさんに訊ねていた。ニワトリのことをよく分かっているのか。朝は大きな声で鳴くし、そのせいで近所から嫌な顔をされる可能性だって、ある。ほら、さっきのおじいちゃんなんて、しょっちゅう怒ってくるじゃないか。そのたびに謝って、面倒なくらいだから、その預かってくれる人、大丈夫なのかな。

大丈夫だよ。

答えたのは助手席のおかあさんのほうだった。

着くまで毛布かけておいたら。落ち着かないでしょ。

落ち着かない、とは誰が落ち着かないのか。僕は脇にあった毛布を籠に被せた。暗いところでは鳥は目が見えないというけれど、あれはニワトリのことだよ、普通の鳥は目がいいんだから、と誰かに教わったことを思い出しているうちに、僕ははっと目を覚ました。

もうそろそろ、とおとうさんがハンドルを回しながら言ってくる。

男の子なのか女の子なのか、と妻のおなかに手をやった男は口にした。激しい風の音が、その声を掻《か》っ攫《さら》っていき、答えた妻の言葉もついでのように持っていく。

雪は強くもならず弱くもならず、ひたすら上から下へと、斜めの角度をつけて、落ちていく。雪がすだれを作っていく。

妻の異変は風の音に紛れて、現れた。

それは忘れ物に気づいたかのような、不意の声だったが、男はすぐに気づき、どうしたのかと訊ねる。妻はおなかを撫でていた手の動きを止め、自らの体の内側に問いかけるような間がある。

妻の表情は今までに見たことがないものだった。眉をしかめている。痛みが？　と心配しかけたところ、彼女の口元がほころぶのが目に入り、彼はすぐに腰を上げた。

場所を探さなくてはいけない。どこか、雪のかからない場所を。

あたりを見渡す。白い霰《あられ》が舞う中、右へ左へ行ったり来たりを繰り返した。

例の、雪に潜り込んだ脚を、抜いては放り投げるかのような歩き方であるから、時間も体力もひどくかかる。ダウンコートに次々と雪が貼りつく。身体がどんどん重くなる。

妻に、待っていてくれ、と言ったかな。

そう思った時に、岩壁に辿り着き、その暗く大きな穴を見つけた。中を覗き込んだ後で、妻のいる場所へと一目散に戻る。記憶と方向感覚を信じて、帰るだけだ。

何十年もかかって戻ってきたかのような感覚すらあった。妻は先ほどよりも少し表情が険しくなっていたが、彼の姿を見るとうなずき、呼吸を整える。歩くのが無理なのは明らかで、男はダウンコートを脱ぐと地面に敷き、妻を寝かせた。

妻の乗ったコートを、男は引っ張る。勢い余って妻がうしろに倒れ掛かった時にはぞっとしたが、迷うことはない。ダウンコートにしがみつかせ、あとは体中を絞って力を出すかのように、一心不乱に進むだけだ。


駐車場で待っている間、おかあさんは何度も、うしろの席の僕を振り返るようにし、話しかけてくれた。これから行く旅行先のことであるとか、だいぶ冷え込んでいるから明日は雪かもしれない、であるとか。どうしてそんなことをわざわざ口にする必要があるのか不思議ではあったのだけれど、怒られたり、頼まれごとをするよりは数倍、ましだった。

籠を持って出かけたおとうさんは、なかなか帰ってこなかった。

餌、大丈夫かな。ニワトリの餌を家から持ってくるのを忘れていた。預かってくれる人が餌を用意していなかったら困るんじゃ。

ちゃんとニワトリ、飼ったことある人なのかな？

心配が、心配を呼ぶ。

大丈夫だと思うよ。

そう答える時のおかあさんは前を向いたままで、だからさらなる心配がむくむくと生えてきて、次々とニワトリの話題を口にしてしまうが、母は、そうねえ、だとか、だと思うよ、だとかそういった返事ばかりになる。

いつの間にか僕はドアロックを外し、車を降りていた。おとうさんが行った方向へ、歩いていく。おかあさんが、中で待ってなさい、と呼びかけてきたけれど、止まれ、待て、と言われて止まるわけがない。

駐車場を出ると角を曲がった。小さな道はいくつもの家に挟まれている。お店もいくつかあって、そのどこかからおとうさんが見えた時には地面を思い切り、蹴《け》っていた。激突するくらいの気持ちで、おとうさんのそばに行くと、自分の口から想像以上に大きな声が出た。

突き飛ばし、おとうさんの持っている籠を奪って、中から彼を助け出し、どこでもいいからどこかで自由にお元気で、と言ってあげたいところだった。もっと早くそうすれば良かった、もうこの籠は空っぽなんだから。

と思ったが、籠にはニワトリが入ったままで、僕は状況を見失う。おとうさんは苦笑いを浮かべて、籠を少し高く持ち上げた。

ニワトリ、預けてこなかったの？

不思議なんだけれど、とニワトリの体の近くを顎《あご》で差した。ちょうど、渡そうとした時にこれがこぼれ出てきたんだ。

ころころと動く卵を僕はぼんやりと眺め、その後で彼の鶏冠を見つめる。

岩壁に開いた穴は深く、奥にいる男と妻は雪や風のことも忘れることができた。まわりは暗いものの、臆していているわけにはいかない。横になる妻に声をかけ、待つ。呼吸を整えた妻が何かを言った時、籠の中のニワトリが鳴いた。

立春《りっしゅん》

初めて春の兆しが現れてくる頃。

花村萬月

東風解凍《とうふうこおりをとく》

春風が吹き、
川や湖の氷が解け始める候。
二月四日から八日頃。

❖黄鶯睍睆《うぐいすなく》
鶯が鳴き、
春の到来を告げる候。
二月九日から
十三日頃。

❖魚上氷《うおこおりにのぼる》
湖の氷が割れ、
魚が跳ね上がる候。
二月十四日から
十八日頃。

花村萬月

はなむら・まんげつ

一九五五年東京都生まれ。
一九八九年『ゴッド・ブレイス物語』で
小説すばる新人賞を受賞しデビュー。
一九九八年『皆月』で吉川英治文学新人賞、
同年『ゲルマニウムの夜』で芥川賞、
二〇一七年『日蝕えつきる』で柴田錬三郎賞を受賞。

指切りしなくてはならない。

指切りげんまんではなく、ほんとうに指を切らなくてはならない。

左手の小指。細くて頼りなくて薄桃に染まっている。薄闇にかかげて透かしていたら、いちばん上の関節のあたりから青褪《あおざ》めた氷の刃物ですっと切り落とすところが見えた。落とすなら、絶対に氷がいい。落としてから刃物自体が溶けて消えてしまうのがいい。わたしの小指だもの。包丁なんて絶対にいやだ。氷を鋭く削《そ》いで尖らせて刃をつければ実際に落とせるだろうか、指。

指切りげんまんのげんまんは、拳万と書くらしい。拳骨で万回殴るから拳万で、さらに嘘ついたら針千本呑ます——と万だの千だのといった現実にはありえない数の罰で誓約を二重に補強しているわけだけれど、それはいかに強固に指を引っかけあって交わしても、約束は破られるためにあるからだ。

指と指を交差させても肉体の最末端を絡みあわせたにすぎず、絡みあうのはいつだって末端ばかりで、小指とか舌先とか性器とかを触れあわせて約束事を囁《ささや》くしか能がない。つまり結局は言葉による愛の契約にすぎないのだ。愛の本質が縛るものだとすれば、愛していると いう口約束は紙きれ一枚の婚姻届にさえおよばない。

ならば小指を切って送りつけて、本物の契約をしてみせてやろう。婚姻届をはるかに凌《りょう》駕《が》する思いの丈、ほとんど恐怖に近いものをその心の奥底に刻みこんでやり、永遠に束縛してやる。

指を切り落とすことばかり考えて、昨日の午後から遮光カーテンを引いた二階寝室の薄闇にずっと引きこもっていた。心臓の側を下にして湿ったベッドに横たわっていた。まったく眠れなかった。貝殻じみた白さの漆喰壁の室内に酸っぱい匂いが漂っている。中途半端なはずのオイルヒーターの熱が過剰なくらいにこもっていて、わたしの悪意が醱酵《はっこう》している。

微妙に断続した黒々とした重い音と空気の揺れが地上から迫りあがってきた。早朝であるのと大気が凍えているせいか、音の輪郭がくっきりしている。隣家の異様に瘦《や》せて手と鼻の下が長い猿じみた長男だ。中古で買ったドイツの車が自慢で、マフラーを交換したらしく、秋口からわたしの寝室まで重低音が響くようになった。

わたしが落ちこんでいなくて、早起きした日にゴミ出しなどしていたころはよく顔を合わせた。彼はわたしの顔をまともに見ることができず、けれど愛想で会釈して視線をはずすと躯《からだ》中に視線が刺さったものだ。それが常に胸や腰、お臀《しり》といったあたりなのでじつに薄気味悪かった。

重低音に遮光カーテンが幽《かす》かに揺れて、窓の結露に勢いを弱められた朝の気配が忍びこんできた。先月のいまごろは、まだ外は薄暗かった。

通勤だろう。土日祝日以外、毎朝判で押したように六時半。すぐに走りだして消え去ってくれればいいのだが、長いときは片屋根の駐車スペースで十分くらい漠然とエンジンをまわして無駄にガソリンを燃やす。出ていくときは空吹かしというのか、過剰にアクセルをあおる。どうやら近所に聞かせているらしい。俺って恰好いい――と昂《たか》ぶって気持ちいいのは彼だけで、誰もが眉を顰《ひそ》めているということには思い至らないらしい。

わたしにもそういった時期があった。誰も見ていないのにファッションに気配りし、ときに踏み外していた。浴びていたのは白い目で、けれどそれが賛嘆に感じられていたのだから、若さがいかに自己中心的に造形されているかをいまごろになって苦笑と共に思い知らされている。

吐く息が熟《う》んでいた。膿《う》んでいて、倦《う》んでいた。起きだして階下に降り、泣き言じみた母の小言を聞きながらして冷えきったバスルームでシャワーを浴び、歯を磨くのが面倒なので口のなかを細かな水流で浄め、しばらく熱い湯に打たれて俯《うつむ》き、ぼんやりしていた。濡れて垂れさがった陰毛が薄汚い。運動不足のおなかが見苦しい。

中途半端にドライヤーをあてただけの湿り気がのこっている髪を流れた直後の血にそっくりな緋のニット帽で隠し、ビニールじみた艶《つや》のある黒いダウンで武装して外にでる。瞬間、冷気に頬が罅割《ひびわ》れる。もちろん錯覚で、指先で触れると火照《ほて》っていた。

見事に晴れわたった朝だった。通勤でバス停にむかう人たちと交差するかたちで足早にいく。自分がたなびかせている白い息を横目で見やりながら西の入り口から霊園に入る。ふと見あげた淡い青空に、さらに淡く頼りなげな、右側が断ち割られて楕円の断面をみせる薄っぺらい月が浮かんでいた。

幼いころ、月は夜でるものと信じ込んでいたから、陽のあるうちに浮かんでいる仄《ほの》かな半透明の銀色がなんであるか悩んだことがある。なぜかそれの正体を誰にも訊くことができなかったのは、朧気《おぼろげ》にも月であると直感していたからだろう。けれど夜に太陽が浮かんでいるところを見たことがない幼児は、朝や昼に月がでているということに整合性を見出せずに心窃《ひそ》かに悩んだのだ。

巨大な霊園を貫く道路を京王バスがゆるゆる抜けていく。枝の先に無数の蕾《つぼみ》らしきものをくっつけた櫻が褐色の軀も露わに整列し、申し合わせたように項垂《うなだ》れて立ち尽くしている。多少なりとも綻《ほころ》びはじめていれば印象もちがうのだろうが、堅く閉じた無数の蕾は悪性の疣《いぼ》のあつまりにしか見えない。蕾が春の魁《さきがけ》ならば、春はあまりにも醜悪な色とかたちに閉じ込められている。

銀杏並木が色づいていたころは、これ見よがしにランニングウォッチに目をやりながら走ったり、自分に沈みこんで俯き加減で物思いに耽《ふけ》りつつ散歩している人の姿も見られたが、ここまで冷えると自分に酔う余地もなくしてしまうようだ。ほとんどの木々が手指の骨格じみた枝々を凍えきった天にのばすばかりで、空に暗褐色の亀裂が入っているかの錯覚を抱いてしまいかねないほどに隙間だらけのいまは、ごく稀《まれ》に犬の散歩をしている人とすれちがうくらいだ。

初老の女が糞を処理する道具をいれたちいさなトートバッグを免罪符のように見せつけて、老いて背の毛が抜け放題の垂れ耳の大型犬に引っ張られていく。犬も女も見苦しい。女は生きることに疲れ果てて口が閉じずに白い息をじわじわ失禁し、犬は本能のみで生きることに執着して白く濁った荒い鼻息を周囲に撒き散らしている。

年が明けてしばらくたってしまったいまでは広大な霊園を覆っていた枯葉さえも吹きすさぶ北風に追い散らされてまばらになってしまい、玉砂利が敷き詰められたうえに整列している無機質な墓石ばかりが地面から蜃気楼《しんきろう》のように浮かびあがっている。

無数の墓石に刻まれた無数の文字。死んでも固有名詞に固執するのが人というものらしいが、墓碑銘に仰々しく肩書きを刻みこんであるのを一瞥《いちべつ》すると、顔を背けたくなるような痛々しさが迫りあがる。死者の生前の肩書きなど、誰が有り難がるというのか。いつごろ献花されたのだろう、腐ったあげくに冬の乾ききった寒風を浴び続けてドライフラワーと化し、ほとんどの花瓣《はなびら》を強風にもぎとられて喪《うしな》ってしまった最後の百合の花らしきものが俯き加減で密やかに揺れている。底意地の悪い見方かもしれないけれど、肩書きにこだわっている人のお墓ほど荒れ果てている。

和風のお墓が並ぶあたりを抜けると、洋風のお墓が整列している区画にでた。和洋を問わず、ところどころに死後も自己顕示欲を発散しているモニュメントじみたお墓が散見できる。和風のお墓はその規模といかにも高価そうな石材で、洋風はあたりにそぐわぬ太陽の塔のミニチュアじみた滑稽な姿で注目を集めようとする。死んでもこれかよ——と胸中で吐き棄《す》て、わたしもずいぶんひねくれてしまったと薄笑いを泛《うか》べる。

動く気力もなく惰性で息をしてひたすらベッドに転がってばかりいるくせに、ふとした瞬間に粗暴になる。といっても物を投げたり叫んだり引き裂いたりするわけでもなく、荒みきった猛々しい衝動はほとんど洩れだすことがないから、母は最近のわたしの外面の無気力を、常軌を逸している——と嘆くばかりだが、内側で渦巻く感情の振幅の烈《はげ》しさは、あきらかに精神を病んでいると自己診断したくなるほどで、けれど診断がつくうちはだいじょうぶだと自分に言い聞かせる。それこそが抜き差しならぬところに自分を追い込んでいく罠だとわかっていながら、誰かに頼るということをしたくないし、頼れる相手もいない。

ここ数日は、指を切り落とすことばかり考えている。指を入れる小箱はもう用意してある。リサイクル。男からもらった指輪の入っていた小箱だ。箱に密着していた皮革の模様が刻印された青灰色の合成樹脂めいた布を、爪を傷めながらもほとんど意識せずに剝《は》がしたのだ。

剝がして驚いたのだが、接着剤の匂いが幽かに漂う箱をかたちづくっていたのは合板というのだろうか、このちいさな箱にしてなんといじましいと呆れてしまった雑多な薄茶色い木屑をくっつけ合わせた安っぽさの極致のようなザラザラギザギザも露わな木片で、わたしにくれた極細のプラチナに載っかった極小のダイヤも推《お》して知るべしといった気分になり、窓をあけて投げ棄てた。窓外に弧を描いて飛んでいったはずの指輪は、ぴかりとも光らずに視界から失せた。

宅配便はどこか滑稽だから、昔ながらの郵便がいい。男が郵便配達から受けとったザラザラギザギザをあけると、わたしにくれた指輪のかわりに、わたしの小指があらわれる。男は一瞥し、あるいはしげしげと観察し、ほんのわずか思案して箱ごと小指を生ゴミの青いビニール袋に落とす。

ビニール袋は男が通販のおトク便とやらで注文し、定期的に届くもので、黒だとバラバラにした屍体が入っているみたいだから青なのだそうだ。金銭その他すべてにわたって無頓着なくせに、おトク便なら百枚ワンパックが百五十九円安いと得意げだった。

男がわたしの指を生ゴミ扱いするのは目に見えている。わたしの指だもの。貧相なのはわかっている。けれど見窄《みすぼ》らしい指だからこそちいさなちいさな引っ掻き傷を拵《こしら》えることができる。そのときはそれで処理したつもりになる。けれど男はふとした瞬間、自分の小指を立てて見つめる。痛みについて。なくしたことによる不便について。欠損していることからくる見てくれについて。わたしという女は小指に集約され、凝縮されて一生あの男にまとわりつく。

想いから醒《さ》めた。気抜けした。冴えない妄想だ。そもそも、わたしから届いたものを男がいちいち開封するという確証もないのだ。つまり小指が男の目に触れるかどうかはわからない。あの男がいつも得意そうに口走っていた科白《せりふ》──見ぬもの清し。わたしからなにか届けば、即座にゴミ箱に叩き込まれるだろう。ならば、いま交際している女の名前をしらべて、その名で送ってやろうか。

なんでわたしの復讐心はこんなに矮小《わいしょう》なんだろう。愚かなのだろう。けれどもう自己嫌悪さえもが溜息はおろか苦笑にまでも至らない程度で、わたしは口の端の雑な歪《ゆが》みを意識しながら陸橋をわたり、霊園に隣接する公園の坂道を踏みしめる。目はスマートフォンに据えていた。

遊女の指切りだが、売れっ子の花魁《おいらん》は自身を傷つけるのは粋《いき》でないと嘲笑して行わず、身《み》請《う》けされる見込みがない、つまり女として魅力がない遊女がする心中立てにすぎないとあった。切るには介錯の女を頼んで木枕に指をおいて剃刀をあてがって鉄瓶や銚子で打ち落とさせる。落とされた指は勢いで遠くに飛ぶらしい。指は神経が濃《こま》やかなところで、切断時の激痛は尋常でないともあった。

公園には山の名前がつけられているが、山というには図々しい。下部の道路からの高さはせいぜい三十メートルほどだろう。けれど雑木林の密度はなかなかで、地上と完全に遮断される。寒々しい山鳩の声を聞きながら、丘のてっぺんの円形の古墳を想わせる神社のごくちいさな社の前の石段に腰を下ろす。お臀に冷えきった石の冷気がつたわる。

漠然と記憶にあった遊女の指切りはわたしの内面において愛憎の極致と捉えられていたのだが、さらにいってしまえば妄想であるからこそだが、小指を介した美男美女の切ない遣《や》り取りであるかのような幻想が育ってしまっていた。

美男美女――苦笑をとおりこして自分に対する憐みの笑いが泛んでしまいそうだ。

よけいな検索をしなければよかったと気落ちしてスマートフォンをダウンのポケットに落

とし、身をよじりたくなるような恥ずかしさと共に、上目遣いでちいさな石づくりの鳥居を見あげる。鳥居にわたされた細い藁縄にすぎないささくれだった腐りかけの注連縄《しめなわ》にむけて、そろそろ指切りの妄想もおしまいにしないとな——と呟く。

それなのに腰をおろした石段の臀から性に伝わる冷たさばかりに意識がいって、心が波立っていく。

凍えきった石に接しているからこそ、性にこもっている熱が過剰に意識されて、わたしは俯き加減で下唇を咬《か》む。

快と、それに潜んでいる甘苦しいものさえ感じて中途半端な潤いがにじみだすのを抑えきれず、わたしは女という始末におえぬメカニズムに、すべてを切り裂いてしまいたいような苛立ちと呪いを覚える。男というメカニズムのことはどうだっていい。いま、わたしの軀に起きていること、わたしの軀にもたらされている度し難い余剰が問題だ。

性というものは根深い。あの男に対する固執のほとんどすべては、性だ。わたしは両頰を掌で覆って幾度も溜息をついた。目尻に涙がにじんでいた。目眩《めくるめ》くものを与えられて、まさに目が眩んでしまったのだ。

臆病さと狡《ずる》さから誠実そうな男とばかり付き合ってきた。わたしの父がまさに実直かつ誠実そうにみえる男の典型で、けれどそれはわたしと同様に臆病で狡いからで、それに気付いたのは、とある不倫報道に対して父が呆れるくらいに倫理観あふれる正義漢ぶった正論を憑《つ》かれたように捲《まく》したてた瞬間だった。お父さんは嫉妬している！　そう直感してしまい、同時にそんな父をじっと横目で見ていた母が、不定愁訴のような根深い慾求不満を抱えていることを悟ってしまった。

耐えるのが取り柄としかいいようがない母は、年齢的なものもあって諦めてはいるだろうけれど、機会さえあれば不倫に溺《おぼ》れかねない危うさが、父にはしらせた醒めきった眼差しに澱《よど》んでいた。生々しい脂が浮いて不自然に艶っぽく厭《いや》らしい不気味な虹の七色をあからさまにした濁り水じみた母の瞳から、わたしはぎこちなく顔を逸らした。

誠実で実直な、裏切ることを畏《おそ》れる小心な男からは安らぎのようなものを与えられはするが、その誠実は、あくまでもようなものにすぎず、誰だって薄い金メッキに満足できるはずもない。けれど母はひたすら我慢してきたのだ。信仰に似た痛切さで金メッキを純金の無垢《むく》と信じて後生大事に握りこんでわたしと弟を産み育てた。悲惨だと思った。残酷だと思った。痛々しいと思った。ああはなりたくないと思った。

実直な男は、いざ性の場に至ると誠実さの欠片もなくして身勝手に上下し、果ててしまう。わたしのことなど、正確にはわたしの反応など一切眼中になくて、手に入れた道具としてのわたしを快楽に奉仕する人形として扱い、自身の炸裂のみを優先する。あるいは不能プラスアルファといったあたりを超低空飛行して言い訳に終始し、ベッドに本筋とは別個のみじめな揺れをもたらし、すべてを無為な時間と化してしまう。誠実そうな男から与えられる性をひとことであらわせば、退屈。付け加えるならば、わがまま。しかも誠実という臆病は、じつは強烈な嫉妬と対であるから始末におえない。

だから不実と肌を合わせたと言い切る自信はないけれど、いままで味わったことのない痺れ、骨盤の最奥から迫りあがって背筋を伝い、頭のうしろから触手をのばし、閉じた瞼《まぶた》の裏側で爆ぜる白銀の火花、自分がどこに運ばれるかわからない怖さに似た際限のない快を与えられてしまった。

不実が快楽を孕《はら》んでいるのだろうか。だとしたら性的恍惚に裏切りが仕込まれているのは当然のことだ。わたしのあやまちは、誠実な快という悖反《はいはん》するものを求めてしまったことにある。快は永続的でないからこそ、その瞬間に青白く発光してわたしを無力化してしまうのだろう。

しおらしいな――と胸中で呟く。諦めは諦めとして、あの男をわたしの心からどう棄て去るか。執着を断ち切るか。性的快楽は相手があってのことで、しかも相手はお金では買えないからこそ、難しい。おトク便で快感が定期的に百五十九円安く届くならば、即座にクリックしてしまうのだが。

おどけてから、思わず声をあげて泣きそうになった。怺《こら》えて、眼前に小指をかかげて凝視した。寝室で見ていたときとちがって、潤いがない。柔らかさもない。乾ききったこれが、たぶん現実なのだ。このみじめな指を血で濡らす。自身の血で渇きを癒す。ある境地を知ってしまったからこそ、わたしは足掻《あが》いているのだ。

それにしても、こうしてこのまま石段に座り続けて密着させていると、意図的に動きはじめかねない。刺激を与えかねない。それはあまりに無様だ。大仰な物言いをすれば、わたしは肉体をもてあまし、膝に手をついてどうにか立ちあがった。

「氷」

鳥居の脇に、地面に片側がめり込んで傾いた長方形の手水鉢《ちょうずばち》らしきものがあり、そこにたまった水が凍っていて、木洩《こも》れ日を撥《は》ねかえして青く輝いていた。腰をかがめて見つめると、氷はわたしのイメージを裏切って落葉や折れた小枝、松かさや木の実の類い、さらには水泡をとじこめていて、けれど上体を庇《ひさし》にして光をさえぎると青い燦《きら》めきは失せて、黒く沈んで見えた。森のあれこれを無作為にとりこんだ標本は思いのほか強かだった。それなのに――。

「溶けはじめている」

いきなり春を見せつけられ、わたしは狼狽《うろた》え気味に立ちすくんだ。声帯をふるわせて実際に声をだしたのは、ずいぶん久しぶりだった。立てた小指と、表面が溶けはじめて艶やかに光る氷を交互に見較《みくら》べた。小指を静かに握りこんだ。

そっと神社に背をむけ、石段をくだっていく。木洩れ日がわたしの頬をまだらに化粧していく。その温もりを感じとって、幾度も幾度も溜息をつく。溜息をつきつくしてしまうと、柔らかな笑みが泛んでしまい、むりやり不機嫌な貌《かお》をつくった。

雨水《うすい》

降る雪が雨へと変わり、氷が解け出す頃。

村田沙耶香

土脉潤起《どみゃくうるおいおこる》

早春の暖かな雨が降り注ぎ、
大地が潤い目覚める候。
二月十九日から二十三日頃。

❖霞始靆《かすみはじめてたなびく》
春霞がたなびき
始める候。
二月二十四日から
二十八日頃。

❖草木萌動《そうもくもえうごく》
草木が
芽吹き出す候。
三月一日から
五日頃。

村田沙耶香

むらた・さやか

一九七九年千葉県生まれ。
二〇〇三年「授乳」で群像新人文学賞優秀作を受賞しデビュー。
二〇〇九年『ギンイロノウタ』で野間文芸新人賞、
二〇一三年『しろいろの街の、その骨の体温の』で三島由紀夫賞、
二〇一六年『コンビニ人間』で芥川賞を受賞。

握りしめた傘の柄に伝わってくる振動が、不意に変化したような気がして、空を見上げた。空から絶え間なく落ちていた雪が、雨に変わっていた。

昨日の深夜から降り積もった雪は、すっかり地面を覆っていた。雨になったことに少しだけほっとして、先を急いだ。防水スプレーをしたスニーカーが、軋《きし》むような雪の感触を踏みしめている。子供の頃、凍った雪に足を滑らせて転んでしまうことがあり、雪国生まれの両親からよく笑われた。だからなのか、雪はあまり好きではない。凍ってしまう前に、この雨が積もった雪を解かせばいいと思った。

姉が急に、「私は野生に返る」と言って家を出てから、三年が経った。

それから、季節の変化に敏感になった気がする。

今、私がミカとユキコと住んでいるマンションは、新築のせいか気密性が高く、窓を閉め切って室内にいると外の気温がほとんど伝わってこない。天気予報を見て初めて今日が暑いのか寒いのか知るのが常だった。冬でもアイスを食べるし、夏でも鍋をよく食べる。私たち、季節感ないよね、とよくミカが笑っていた。

それが一変した。朝、目が覚めると、真っ先にベランダに出て、今日の空気を自分の肌で確認する。そして、野人になってしまった姉のことを想うのが日課になった。暑すぎる夏も心配だが、冬の間は特に気が気ではない。雪が降るたびに、姉が凍死しているのではないかと不安になり、こうして週末になると、姉が住む山へ向かう。電車とバスを乗り継いで姉の様子を見に行く雪の週末は、今年に入ってもう三回目だった。

姉が住んでいるのは、マンションから電車とバスで二時間ほどのところにある、小さな山だ。三十分も歩けば頂上に行けてしまうので、山というより丘に近いのかもしれない。

この小さな山は実家の近くにあり、父が生きていたころはよく姉と一緒に車で連れてきてもらい、走り回って遊んだ場所だ。あのころは山から田んぼしか見えなかったが、今は開発が進み、すぐそばまで道路が走っている。

この山が切り開かれて、道路の一部になってしまうのも、そう遠い未来ではないのかもしれない。もしこの山がなくなったら、姉はどこへ行ってしまうのか、私にもわからなかった。

小さい頃よく姉とザリガニを捕った溝川《どぶがわ》を越えて山の中に入り、頂上へ向かう。山の中で一番大きな木の陰に、黒い影が蹲《うずくま》っているのが見えた。

「お姉ちゃん」

思わず呼びかけると、「ぽう」と返事があった。

人間がまだ言語を持たないころ、どんなふうに鳴いていたのかは知らないが、姉は二年前から、「ぽう」という鳴き声を発するようになった。野人になってからしばらくは人間の言葉を喋《しゃべ》っていたのに、少しずつ言葉を忘れてしまったのだ。こちらの言葉の意味も、あまりわからなくなっているようだった。姉と意思の疎通ができるのも、あと数年のことかもしれなかった。

一応、雨風をしのごうという本能が働いているのか、この山で一番大きな木の下に、姉の巣はある。巣と言っても、棺桶を入れるような穴が開いているだけだ。そこには枯葉や鳥の羽根が敷き詰められている。姉は食べ物を食べるとき以外は、この巣穴の中に身体を横たえているのだった。

「お姉ちゃん、温かいもの食べたくない？　炊き込みご飯と、スープを持って来たよ」

言葉が通じているのか食べ物に反応しただけなのか、姉はのそりと巣穴から出てきて、「ぽう」とうれしそうに鳴いた。私は保温バッグから炊き込みご飯と、クラムチャウダーの入った水筒を取り出した。

姉は炊き込みご飯の入ったタッパーに顔を近づけ匂いを嗅《か》ぎ、手を使ってご飯を食べ始めた。


「お姉ちゃん、私、来年からはあんまりここに来られなくなるの」

通じるかどうかわからないが、私は姉に話しかけた。

「お母さんは膝を痛めてここまで歩けないし、お姉ちゃんが冬を越せるかどうか、見守る人がいなくなるのは、心配なんだけど……」

姉は家を出たときに着ていたお気に入りのワンピース姿のままだ。水色だったワンピースが今では茶色になっている。ワンピースの上には、私が姉のために持って来た毛布を羽織っている。寝袋やカイロなど、いろいろ姉に差し入れてみたが、実際に使ってくれたのは毛布だけだ。寒くないのか心配だったが、姉は平気そうだった。

姉の手足には、黒い毛がたくさん生えていた。去年より姉が毛深くなったように感じられる。鼻の下の髭《ひげ》も、メスの人間とは思えないくらいに黒々と生えそろっていた。

朝、作ってきたクラムチャウダーを水筒から出し、スプーンで掬《すく》って姉の口元へ持って行く。姉は少し警戒してしばらく匂いを嗅いだり顔を背けたりしていたが、やがて舌をスプーンに伸ばした。

「私ね、春になったら、人工授精を始めるの」

姉は話を聞いているのかいないのか、クラムチャウダーに舌をつけ、熱そうにしている。

私は、家で待つミカとユキコの二人の顔を思い浮かべた。


私とミカとユキコが三人で暮らし始めたのは、十年前、大学を出て就職したばかりのころだった。

ミカとユキコは大学時代の同じゼミの友達で、在学中から、終電を逃すと誰かの部屋で寝泊まりすることがよくあった。一緒に暮らし始めたのは、単に節約のためだった。どうせみんな東京で暮らすんだし、一緒に暮らしたほうが家賃が安くない？　と言いだしたのはユキコだった。

最初は、ただのルームシェアのつもりだった。思ったより暮らしは快適で、三人で共同の口座を作って、それで食費や家賃をやり繰りしていこうということになった。

最初は三人とも働いていたが、ユキコの転職先がなかなか見つからず、「ごめんね」と家事のほとんどをやってくれたら思いのほか快適で、二人働いて一人が家事をやる、というのがちょうどいいのではないか、と話し合うようになった。誰が働いて誰が家事をやるかは、この十年でくるくると変化した。いつもというわけにはいかず、三人とも働いていることも多かったが、できるときには、そうやって家事を分担するようになった。

私とミカは派遣社員で、契約が切れると時間があくことがよくあったし、ユキコは転職を繰り返していたので、次が見つかるまでの間はいつも家のことをやってくれた。働いている二人も家事をやる一人に丸投げにはせず、夜や土日は手伝った。家事をやる側も、働いてくれる二人に自然と感謝できた。あまり長く家事をやる役目をやると、次の仕事を探すときに面接で困るのだけが厄介だったが、それさえなければとてもいいバランスだった。

このまま三人で暮らしていこうかと、冗談めかして話していたのが、本気になったのがいつだったかはわからない。

「私たちってさ、家族だよね」

夏だったのか冬だったのか、とにかく三人で鍋を食べているときに、ユキコがぽつりと言った。その言葉が、すとんと腑《ふ》に落ちた。

ミカは彼氏のプロポーズを断り、ユキコは理解してくれる恋人をつくった。私も、同棲寸前までいった彼氏がいたが、結局、二人との生活を選んだ。

「三人の子供、ほしいね」

そう言いだしたのはミカだった。ちょうど三年前、姉が野人になった春のことだった。

そのとき、ミカは自分で産むつもりだったのだと思う。

けれどそれからミカは仕事が忙しくなり、働くより家事のほうが楽しいというユキコが、

「私が産むよ。一番向いてる気がする」と言った。

日本の医療機関での第三者からの精子提供は婚姻関係にある夫婦にしか行われないことがわかり、英語が得意なミカが海外の精子バンクに何通もメールを出した。日本にある個人の精子提供のサイトも見たが、ユキコがなんとなく不安だと言い、受精する本人の気持ちを尊重したいということになったのだ。なんとか精子は見つかったが、それを日本で受精させてくれる病院は見つからなかった。いろいろ調べて、キットを手に入れて在宅での人工授精にすることにした。

思った以上に準備に手間取っているうちに、ユキコが働いていたカフェの新店舗の店長になるという話が持ち上がった。

「産休とるの、もう少し落ち着いてからになりそう」

ユキコは転職が多かったが、今の仕事は好きなようで、できれば産休後に復帰したいと考えているのだった。

「私が産もうか?」

自然と、そう提案していた。

「今の派遣先、ちゃんと産休とらせてくれるみたいなんだ。今の会社、好きだけど、子供も欲しいし」

私の言葉に、「有難いけど、本当にいいの?」とユキコが心配そうに言った。

「うん。三人の子供なら、産んでみたい」

一気に話が進み、精子バンクから日本に精子を送ってもらう日取りが決まった。私は今は排卵日を調べるために毎日体温を測り、春の人工授精に備えている。

本当に三人の子供ができたら、今までほど気軽に姉のところに来ることはできなくなる。つわりがどれくらいかわからないし、生まれたらしばらく育児に追われるだろう。

私は、姉とは違う意味で、今とは違う動物になる。産んで自分がどう変わるのかわからないが、なんだかそんな気持ちになっていた。


今夜は、姉の巣に泊まっていくことにした。姉の巣に、並んで身体を横たえて、姉が羽織る毛布にくるまった。羽根と枯葉が敷き詰められた巣は、思いの外《ほか》暖かかった。姉と一緒に抱き合って横たわると、巣はちょうどいい大きさだった。

雨はいつの間にか止んでいた。巣穴の側の雪はどけたものの、山の斜面はまだ地面が白く覆われたままだった。

さっきまで、微《かす》かな雪の香りがしていたのに、巣の中では土の匂いのほうが強かった。子供の頃、雨上がりの校庭で走り回って遊んだ時、よく嗅いだ記憶が蘇ってきた。土はしっとりと湿っていた。早く暖かくなって、この潤った土に新しい草がたくさん生えてくればいいのに。そうすれば、姉の食べ物ももっと増える。次の冬まで、姉は生き延びることができるだろう。

「お姉ちゃん、野人になるって、さみしくないの?」

「ぽう」

同意なのか否定なのか、姉が鳴いた。

姉は勉強熱心な、とても優秀な人だった。そんな姉が野人になってしまうとは、思ってもみなかった。

私も、自分が結婚するわけでもなく、女友達と家族になり、三人の子供を作るようになるとは考えていなかった。

目を閉じると、風の音がした。ミカとユキコの気配のしない部屋で眠るのは、久しぶりのことだった。

真空パックのような、密封されたマンションは、いつも私を安心させた。三人で作り上げた安全な家の中で、夏でも鍋を食べるし、かき氷の機械は出しっぱなしになっていて、冬でもよく作って食べる。それが私たちの「巣」なのだった。

姉は私とは対照的に、四季の移り変わりと自分の命を照らし合わせながら暮らしている。

小さい頃、姉は春になると公園中のたんぽぽを摘んでまわった。

家の中をお花畑にするんだと、子供部屋に二人で綿毛をまき散らして怒られたこともあった。

思えば、あのころから姉は野人に憧れていたのかもしれない。

子供部屋の中に咲き乱れるたんぽぽを思い浮かべながら、私はいつの間にか眠っていた。


雨の音で目が覚めた。

起き上がると、朝が来ていた。コートのポケットに入れていたスマートフォンを見ると、ミカとユキコと私、三人のグループトークに、メッセージがたくさん入っていた。

『お姉さん、生きてた?』

『隣で寝てる。元気みたい』

私はかじかむ手で返事を打った。

『巣で泊まるなんて、びっくりしたわよ。風邪ひくわよ』

ユキコからすぐ返信と、鬼のマークが入ってきた。

『ごめんね』

『一人の身体じゃないんだから。私たち三人ともね』

ミカのメッセージが、何だか気恥ずかしかったので、『なんかそれ、彼氏みたいで変』と返信した。

私は、姉を起こさないように、そっと身体を起こした。全身に、羽根がついていた。

そっと羽根を払い、山を降りた。昨日来たときは、きゅっという感触が爪先にあったのに、今は足を踏み込むと、雨と一緒に雪が崩れて割れて、足の下で水と氷が混ざりながら溶けていった。

ちょうど、バス停にバスが来たところだった。走って乗り込み、一番前の席に座った。

痛みがしてふと見ると、靴の中に羽根が入っていた。濡れた靴下に貼り付いた羽根をそっと取り、鞄に入れた。

「ぽう」

声がして思わず振り向くと、小さな女の子が、長靴でバスの中を走り回っていた。

「ごめんなさい」

若い母親が謝りながら、「ちゃんと座ってなさい」と女の子を座席に座らせた。

バスの窓ガラスに、細かい水滴がついて、外があまりよく見えなかった。かじかんだ手は、バスの暖房でもう温まっていた。親指を握りしめる。ぽう、と女の子が鳴く声が、再び、勢いよく車内を飛んでいった。

啓蟄《けいちつ》

陽気に誘われ、虫が土の中から顔を出す頃。

津村節子

桃始笑《ももはじめてわらう》

桃のつぼみがほころび、花が咲き始める候。

三月十一日から十五日頃。

◆蟄虫啓戸《すごもりのむしとをひらく》

冬ごもりしていた虫が姿を現す候。

三月六日から十日頃。

◆菜虫化蝶《なむしちょうとなる》

蛹《さなぎ》が羽化し蝶に生まれ変わる候。

三月十六日から二十日頃。

津村節子

つむら・せつこ

一九二八年福井県生まれ。
一九六四年「さい果て」で新潮社同人雑誌賞、
一九六五年「玩具」で芥川賞、
一九九〇年『流星雨』で女流文学賞、
一九九八年『智恵子飛ぶ』で芸術選奨文部大臣賞、
二〇一一年「異郷」で川端康成文学賞、
同年『紅梅』で菊池寛賞を受賞。
二〇一六年文化功労者。

十二月にはいって、律子《りつこ》は街の中心にある百貨店の書籍と文房具を扱っているフロアーへ行った。来年の日記帳を買うためである。

日記帳は毎年同じ社が出しているもので揃えている。書店では目立つスペースの平台に、各出版社が競い合うように家計簿や正月に向けてカラー写真を飾った料理の本や旅行雑誌などと一緒に、趣向を凝らした日記帳が平積みされている。律子の使い馴れた日記帳も並んでいる。

去年は忙しさに取りまぎれて書店に行くのが遅れ、使いつけたものが売り切れてしまっていた。彼女の気に入っているのは各頁の上部四分の一ぐらいの白い部分の右端に、天気と気温を書く欄があり、左端に受信発信を記す欄がある。真中の白地のスペースは、予定や記録したいことに使っている。下部は縦の罫《けい》になっていてその日の日記である。律子は罫がないと行が曲ってしまうので、無地の日記帳は使わない。

日記帳を買った日の夜、律子は今日まで使っていた日記帳を繰ってみた。元日は近くにある神社に初詣でに行き、行列が漸《ようや》く拝殿の前に近くなってお賽銭《さいせん》を賽銭箱に投げ入れ、吊してある鈴を鳴らして手を合わせた。祈ることも別にないので、今年もどうぞよろしく、と言った。街中の店が休んでいるので日頃は繁華な通りも深閑としている。

一人暮しなので、おせち料理など作っていない。暮に百貨店の地下食品売場で詰合わせの小さな箱入りのものを買い、雑煮とそれで済ませるつもりであった。三十歳近くまで、つき合っている男友達がいなかったわけではないが、結婚する気などなかった。ある女性作家の作品に、正月だけは同棲している男が家族の許《もと》に帰って妻や子供たちと過すので、独りで三《さん》箇日《がにち》を過す孤独を書いているものがあったが、律子は同棲している男もいないから、毎年同じ独りの正月である。

日本の人口は減っているという。結婚して子供を産む人が少くなっているから、減るのは当然である。戦時中の産めよ殖《ふ》やせよ、は戦地と軍需産業の為人手が必要だったのだろうが、律子はそんな時代の波は知らない。子供を産み育てるのは面倒だし、経済的にも余裕がない。それより気ままに暮らしたいという人たちがふえているのだろう。

日記帳を見ると、昨年は熱海へ行っている。正月の三箇日は高額だから、四日から三泊している。熱海は新幹線が通って東京駅から一時間もかからなくなった。昔は商店会や会社の組合などの人々が、宴会をして一泊する恰好の温泉地だった。

熱海の梅園の梅が咲き始めると、テレビでしきりにそのPRをするようになった。京都が、〝そうだ 京都、行こう〟というキャッチフレーズで京都の観光スポットを紹介するように、熱海も観光客を集めようと熱心に宣伝をする。律子は気が向くとインターネットで旅行地を探す。独身で何の拘束もないから、友達と食事をしたり、小さな旅行をしたりする。父親は早く亡くなり、母親は兄の家族と同居するようになって、家とささやかな土地は兄が相続し、律子も多少の相続分があって、大学を卒業してから勤務している保険会社の給料だけよりは多少余裕がある。クラス会などで友人たちが集ると、夫の給料で子育てをしているクラスメイトたちに
「いい御身分ねえ」
などと言われる。

律子が熱海へ行く気になったのは、駅の観光案内所でチラシを見たからである。京都へは桜や紅葉や祭などのシーズン毎にスポットを決めて行っているが、意外に手近すぎて熱海へは昨年行ったきりである。

昔は冷暖房の設備がなかったから、余裕のある家では夏は軽井沢や上高地などの涼しい土地へ避暑、冬は避寒地として熱海が選ばれていた。律子が梅園に行ってみようと思ったの

は、仲間たちの句会で「桃始笑」という題が出たからである。梅園は桃ではなく梅だが、季節的には春で雰囲気は味わえる小旅行になると思ったのだ。見たことも聞いたこともない題だ。太陽暦の一年を四等分した春夏秋冬の他に、二十四節気《にじゅうしせっき》をさらに等分した七十二候《しちじゅうにこう》という細やかな季節の移ろいを取り入れたものがあり、春には立春、雨水《うすい》、啓蟄《けいちつ》、春分、清明、穀雨《こくう》と六節気があって、例えば啓蟄には、蟄虫啓戸《すごもりのむしとをひらく》、桃始笑、菜虫化蝶《なむしちょうとかす》と名づけた候があることを知った。桃始笑はももはじめてわらうと読み、ちょうど三月十日頃である。

独身の女性が贅沢出来る筈はなく、インターネットで調べた熱海駅近くのアーケードのはずれにある安価なホテルを予約した。熱海は旅館ばかりで、食事がついている。旅館の食事は小鉢、お造り、煮物、吸物、揚物、箸休め、飯物、香の物などと大体決まっていて、アラカルトはない。熱海は温泉地だから旅館ばかりでホテルと名がついていてもつまりは旅館である。

律子が探したホテルは、熱海だけあって温泉の大浴場があり、朝食はバイキング、夕食は上・中・下と三種あり、上・中はいわゆる日本旅館の食事と同じで、下は煮物、干物、味噌汁、香の物、ご飯、という家庭で食べるような献立だから、これなら長期滞在する客が多いのはうなずける。夕食はいらないと予めフロントに言っておけば、外へ食べに行くことも出来る。

駅近くのアーケード街にあるホテルだから、一歩外へ出れば、ホテルの前に小料理屋があり、中華料理店があり、甘味屋や女主人がドリップコーヒーをいれてくれる珈琲店や、トンカツ屋、そば屋など、飲食店は何でもある。雑貨屋、服飾品屋、帽子屋や袋物屋もある。

駅前から巡回バスが出ていて、市内の美術館や、図書館、銀座通り、海岸通り、來宮《きのみや》神社などへも行けるし、律子は駅で貰った地図で見た熱海芸妓見番まで見に行った。丸三日もあれば、狭い町だから歩いているうちに、いつの間にか海の見えるサンビーチまで出てしまった。

もっとも熱海の落魄《らくはく》はひどいもので、以前来た時においしいと思ったレストランがあった通りはホテルのあとかたもなく、コンクリートがむき出しの敷地が続いていた。銀座通りも、銀座の有名な洋服店、眼鏡屋、パチンコ屋、ラーメン屋、すし屋がぽつぽつ目につくくらいで、シャッター街になっていた。せっかく自分のためにとった休暇なので、足の達者な律子は一日一日をゆっくり歩いて廻った。

目的の梅園は熱海駅から次の来宮駅の近くだが、ホテルからタクシーに乗って梅園入口まで行った。日本一早咲きの梅と、紅葉が遅いことで知られているというから、やはり熱海は温暖なのだ。

梅園は明治十九年に開園され、一万四千坪の園内には、梅・桜・楓の樹がなだらかな傾斜地に植えられていて、四季折々に楽しめる。園内には梅見の滝があり、中山晋平記念館やエキゾチックな韓国の庭園があり、傾斜の最上部からは澤田政廣《さわだせいこう》記念美術館に続く道がある。熱海出身の氏の木彫作品やコレクションなどが展示されている館である。

入口には大きな羽のある女性のブロンズが立っていた。ホールの御影石に美しい色彩が映っていて、振り仰ぐと丸天井に四人の飛天が舞うステンドグラスが陽を通していた。

「熱海は温泉地、別荘地として名が通っていますが、昔から文化人が多く住んでいましたから、文化都市なんですよ。澤田政廣は熱海市名誉市民で、文化勲章を受章しています。この美術館は熱海市が建てたものなんです。御一緒にはいって見ませんか」

梅園に来たらしい若い男に声をかけられ、思いがけぬ誘いに律子は驚きながらも、いい連れが出来たと思った。聞いてみれば、ホテルも同じだという。駅に近い安直なホテルだから男も気安かったのだろう。

二人は以前からの友人のように、連れ立って館内を歩いた。小さな建物だが、二階もある。仏像や人魚や天女など、美術館などにわざわざ行ったこともない律子でも、優美な姿や美しい色彩をほどこした彫刻は見飽きなかった。

「ずいぶんエレガントで繊細な彫刻ですね」

律子は連れになった男に話しかけた。

男も一体一体の彫刻の前に立ち止まって、片脚を深く折り曲げて横笛を吹いているなまめかしい木彫に見入っていた。

「私は下半身魚で、上向きにのけぞっている人魚が好きです」

そんなことを男と語りながら二人はまた梅園に戻った。

「梅園に来たのに、これは予想しない美術鑑賞でしたね」

男も満足げに言った。

梅園の斜面を二人で下りながら、

「ここには源平桃というのがあるそうですよ。桃もいいでしょうね。全体が傾斜になっているから、上から見下しても、下から見上げても立体的でね」

男は、バスが来るのを待ちながら言った。

「桃が笑っているように咲き始める頃の花見は最高でしょうね」

律子も、もう一度振り仰ぐように坂を見ながら言った。

「その頃又御一緒しませんか」

思いがけない男の誘いに、律子は胸がときめくのを感じていた。

春分《しゅんぶん》

昼と夜の長さがほぼ同じになる頃。

村田喜代子

雷乃発声《かみなりすなわちこえをはっす》

春の訪れを告げる
雷が鳴り始める候。
三月三十一日から四月四日頃。

❖雀始巣《すずめはじめてすくう》
雀が巣を
作り始める候。
三月二十一日から
二十五日頃。

❖桜始開《さくらはじめてひらく》
その春初めの
桜の花が咲く候。
三月二十六日から
三十日頃。

村田喜代子

むらた・きよこ

一九四五年福岡県生まれ。
一九八七年「鍋の中」で芥川賞、
一九九〇年『白い山』で女流文学賞、
一九九七年『蟹女』で紫式部文学賞、
一九九八年「望潮」で川端康成文学賞、
一九九九年『龍秘御天歌』で芸術選奨文部大臣賞、
二〇一〇年『故郷のわが家』で野間文芸賞、
二〇一四年『ゆうじょこう』で読売文学賞を受賞。
二〇〇七年紫綬褒章、
二〇一六年旭日小綬章受章。

　むかし、わが家にいたネズミたちのことを思い出したのは数年前、地元の美術館に春の院展を観に行った帰りだった。会期は三月末で館内の桜の老樹に五分咲きの花が明かりのように開いていた。

　誘ったのは姉だが、わたしは日本画に馴染みが薄く、十歳年上の姉が好きだった片岡球子《たまこ》など女流画家の絵は今はもうすでにない。けれど場内の大作を観て回るうち、いつの間にか日本画独特の柔らかな四季さまざまな自然の色に浸り込んだ。ただ、そんな絵と、わたしたち姉妹が後で思い出したあの薄暗い日本家屋の子ネズミたちとは、どんな繋《つな》がりもなかった。というのもそのきっかけは、庭を横切った小さな別館でおこなわれていた展示を観たことによるのだった。

　庭へ出るガラスのドアには、『いのちの布・襤褸展』とポスターが貼られていた。襤褸には、らんる、とルビがふってある。聞いたことのない言葉だが、さすがに姉は知っていた。

「まあ、ぼろぎれの展覧会というわけね。観てみましょう」

と姉は重いドアを押し開けた。池の縁を巡って別館に入る。辺りにはひとけがなく、入り口の受付に女性が一人しんと座っているきりだ。

中へ入るといきなり暗闇にとらわれた。少し目が慣れてくると黄昏《たそが》れに沈んだような通路の先に、曲がり角がある。そこへ進むと、ぼうっと光の弱い照明がショーケースに掛かった展示物の古ぎれを、一つずつ浮かび上がらせている。

年月を経て酷使され洗い晒《さら》され、くたくたに毛羽立った麻布や綿布がほとんどである。布の両端に紐が付いているものは女性の肌襦袢《はだじゅばん》で、夥《おびただ》しい数の継ぎ当て布が縢《かが》ってある。

「まあ、なんて無惨な……」

と姉が言った。粗い布地に包まれた農村の女性の上半身が眼に浮かんだ。絣《かすり》や縞模様など柄も色も布地も異なるぼろ布で継ぎを当て、継ぎの上からまた継ぎを当てる。一つ、二つと数え始めたが四十……枚まで数えたところで諦めた。

一枚の着物を広げて展示したものもある。背中と腰に大きな分厚い継ぎが当たり、裾の上辺りは継ぎ当ての布ごと大きく生地が裂けている。展示ケースの解説を読むと背中と腰の継ぎは赤ん坊を負ぶった跡で、裾の上の継ぎは赤ん坊が両足で蹴りつけたものか、とある。

今しがた観た院展の春景色の絵など襤褸の迫力に吹き飛んで、姉とわたしがまぎれ込んだのは昭和初年から戦後にかけてのこの国の貧しさだった。

ひらひらした一枚の布などは場内のどこにもない。中には寄せ集めた古布を継ぎ接《は》ぎし、数えてみると最多の継ぎの跡は八十余枚にのぼるという解説の怖るべき腰巻もある。まさに古布の怪物だ。奥のケースに分厚い長方形の毛布のようなものがあった。数十枚のぼろを接ぎ合わせた薄い掛布団で、重量は十五キログラムに達するという。おとなの男性でなければこの目方をかぶって寝ることは難しいと記してある。

その薄い掛布団の中味は綿ではなかった。ぼろ布や切った稲ワラ、道端に咲く茅花《つばな》の穂に、古新聞紙も混ぜ込んで、詰められるモノは何でも詰め込んだ、何というか……妖怪布団。人体の脂や湿気を吸い込んで黒光りした、その恐るべき布団を人間は宿業《しゅくごう》のように引きかぶって、何十年も寝たのである。

「あれを見ながらね、昔うちにいたネズミたちを思い出した」

と帰り道、駅へ歩きながら姉が言った。

「ああ。そういえばいたわね。大きなネズミだった」

思い出した。あれは顔はネズミだけど体は狸くらいあった気がする。長いヒゲが生えていて庭の小屋はそのでかネズミがひしめいていた。ふかふかの毛に包まれて黒い眸《め》をして、鳴き声を聞いた覚えはない。戦時中は満州の戦地に行く兵隊の防寒着になっていたと父が言っていた。皮を剝《は》がれるときも黙って死んでいったのだろうか。戦後は業者に売って肉だけ少し余分に貰っていたようだ。貴重な栄養源だった。

「ウサギの襟巻きよりあったかだったの覚えてるわ。お母さんとお姉さんとあたしと一本ずつ貰ったわね。ああ、お手掛けさんのキヌさんも……」

お手掛けとは父が妾にした女性のことだ。男が手を掛けたのでメカケをテカケとも呼んでいた。

けれどそんな贅沢も戦後しばらくして、父がやっていた株の暴落で終わったのだ。

「いいえ、そのネズミのことじゃないのよ」

と姉が私を見た。姉のシルクのショールに桜の花びらがのっている。春になると市内は桜だらけになる。花が咲くとこの町はこんなに桜の木があったのかと驚く。それが毎年だ。

「あたしの言うのはニンゲンの子ネズミよ。覚えてないの？　どこかの山から父親に連れられて、ときどき女の子がやってきたじゃない。風呂敷包み持って。それがその子の持ち物の全部だったわ。娘も眼を真っ赤に泣き腫《は》らして、父親も鼻水を啜《すす》って。帰りは父親が一人で山に戻って行った」

そうだ、秋の農繁期が終わって木枯らしが吹いてくると、近在の里山から少女たちが町の商家に預けられた。覚えている。頰が真っ赤で手足はしもやけに爛《ただ》れていた。町の子と較《くら》べて齢のわりに背が伸びないのはきつい野良仕事のせいだったろうか。冬になるとやって来たので、どこか遠くに冬の国があってこの子たちはそこで生まれたのだと思っていた。

「あたしのねえやは梅子っていう娘だったのよ。うちに来たとき風呂敷包みの中に着る服や肌着はろくにないのに、さっき見たようなぼろぎれがどっさり入っていて驚いた。あれも大事な衣類だったのね」

わたしは姉のねえやのことは覚えていない。その頃の記憶では、商家の子どもにはたいてい一人ずつねえやがついていたようだった。わたしにはミッちゃんという女の子がいた。田舎の父親に連れられてうちの家の店先に現れたとき、わたしは母と迎えに出てミッちゃんの肩先から白い湯気が立ち昇っているのを見た。まるで娘の形をした人型の氷みたいだった。それが日光が当たって溶け出しているのかと思った。家にはほかにもそんな子たちが何人かいたが、雇い人とは違うのだ。商家では親から子どもを預かると、ただで食べさせて着せて、学校に行かせ、年頃になると相応の結婚相手も探してやり、縁談がまとまると御祝いに多少の花嫁支度もして送り出す。利口でよく働き、気持のいい子を預かると、わたしの母は自分の娘のように愛おしんだ。

「あの頃は本当に寒かったわねえ。十一月にはいると雪だるまを作るほどドカドカと雪が降ったもの。朝早くからあの子たちは裸足《はだし》で雑巾がけしていたわ。今頃になって思い出して何だか涙が出てきそう……」

ちらと見ると白髪の姉の横顔は眼が潤んでいる。齢のせいである。

わたしときたら毎朝、服を着せてくれるミッちゃんの手の冷たさは今も呪いたくなるほど嫌だった。夜に風呂に入るときわたしの服を脱がせて裸にする、その手は氷だった。いやいやいやいやいやいやぁ。ミッちゃんの手、いやあ。わたしは泣き叫んだ。

冬の朝に晩に怖ろしいものは、わたしの服の着替えをさせる冬の国からやって来た娘の氷の手だった。

「あの頃、女性はみんな寒かったわね」

と姉は歩きながら遠い眼をする。

「寝ても起きても女はみんな痺れるほど寒かったわ。男も寒かっただろうけど、あの人たちはお酒で体を温める術《すべ》を持っていたんだから」

と決めつけた。そういえば商人の父は仕事を終えると毎晩ぬくぬくと晩酌をやる。店で働く労役の男も自分たちの部屋で、どぶという濁り酒を酌《く》み交わした。

「そうよ。だから女たちだけが寒かった……」

「でもお母さんたちも何かやってたわね」

雪が降る前に祖母や母や叔母たちは、押し入れの布団の中で発酵させた甘酒の甕《かめ》の蓋を開いたのだ。これが女たちのどぶである。ただ、子どものわたしが飲んでも少しも酔わない。そして体の中からほこほこと火照《ほて》りのように温くなる。

「でもあんなに美味しい甘酒に、あの子たちは近付かなかったわ。あんなにいい飲み物を知らなかったのよ。白米をろくに食べたことのない子たちだから、米の白さが眩しくて眼が痛いって言うんだもの。甘酒はその白い米からできるので、ただの飲み物とは思えなかったんでしょうね」

駅前通りに来ると、電車が来るまで時間があったので喫茶店に入った。

「コーヒーは体冷えるから、紅茶にしよう」

姉が言う。春の昼下がりは紅茶の淡い色が似合う。運ばれてきた紅茶を啜りながら姉はしゃべる。眼の前にかつてのわが家があるように話し出すのだ。

「秋の天気の良い日にね、お母さんがあの子たちを座敷に呼んで冬布団の綿の入れ替えを教えていたわ。三人とか四人とか、娘たちが自分の布団を抱えて集まるのよ」

家の座敷は広くて秋の陽が部屋の奥まで長く射した。昔は冬布団の支度が大変で、布団屋に古い綿の打ち直しを頼む。それが出来上がって戻って来ると、女たちは冬布団の側《がわ》を開いて綿を入れ直す作業に取りかかる。

「座敷に布団の側が裏表てに広げられて、まずお母さんがお手本を示すのね。打ち直した綿を布団側の上に均等に広げて置くと、綿の薄くなったところには新しい綿を足して手当てするの。古い着物に継ぎを当てるのと同じよ。それから布団側の端を摑んで綿をこんな風に中へ巻き込みながら、くるくると表て返しにしていくの」

姉は紅茶茶碗を置いて、両手で綿を巻き込む仕草をする。

「やってごらん。これを怠《おこた》ると冬中、固い煎餅布団に震えながら眠ることになるからね」

姉が母の口真似をする。わたしはさっき見た襤褸展の、綿の代わりにぼろや藁、茅花の穂や古新聞紙まで詰めた凄まじい掛布団を思い出した。

「みんなうちへ来て、初めて布団らしい布団にくるまって寝たのね」

ミッちゃんたちは一人部屋と勉強机、小簞笥に、綿の入った布団一組を貰っていた。

「それがそうでもなかったのよ」

と姉が何か思い出してクッと笑った。

「じつは中に一人、とんでもない布団に寝てる子がいたの。それがあんたのところのミッちゃんよ。あの子たちの中では一番年下の子だった」

ある雪の晩、泥棒が入ったのだという。夜中に雨戸の倒れる音がして父や番頭が起き出して大騒ぎになった。泥棒はどこへ逃げたか行方知れずだが、すぐ警察を呼んで調べが始まった。金庫は開けることが出来なかったようで、持ち去られたのは父の財布と母の指輪が何点かだった。そのとき家中すべての部屋を刑事が開け放って調べることになった。

「わたし、まったく覚えがないわ」

わたしは小学校の二、三年くらいだったか。もう眠っていたのだろう。

あかあかと灯がついた部屋を父が刑事を連れてまわって行く。

「ところがミッちゃんの部屋だけ開かないの。中から必死であの子が障子を押さえてるのよ。お母さんも来て宥《なだ》めすかして説得するけどだめなの。とうとう刑事が力尽くで障子を引き開けた」

ミッちゃんの青ざめた顔が見えるようだ。

「ガラッと障子が開くと、部屋の電灯の明かりの下にミッちゃんが飛び退いて立ちすくんでいたのよ。みんな部屋を見るなり唖然として、声が出なかった。あたしも見たのよ。畳の上に薄ネズミ色の気味の悪いぶわぶわしたものが敷いてあった。ギャーッてみんな叫んだの。ミッちゃんはそのぶわぶわしたものの上に突っ伏して泣き出した。その気味の悪いものはね、剝《む》き出しの古綿だったのよ。あの子は幼なくて布団に綿を入れることができなかったのね。それで毎晩、畳に古綿を広げて、それをゾロリと引っかぶって眠っていたのよ……」

十歳かそこらの少女に、生まれて初めて見た布団の綿は手に負えるものではなかった。

「刑事と父が苦笑しながら別の部屋へ行ってしまうと、あたしたちもぞろぞろと引き揚げた。後で母が虎の子のように泣き止まないミッちゃんを宥めて、綿の入った替えの布団を運んでやっていたわ」

ミッちゃんがわが家にいたのはいつ頃までだったろうか。父の店が株で破綻して家を明け渡すときは、もう彼女たちはいなくなっていた。中学校を卒業して家へ帰ったのか、どこか就職して行ってしまったのだろうか。何年もわが家にいたのにこの子たちについてなぜか夏の記憶だけがまったく抜け落ちている。夏も一緒に暮らしていたのにその姿が思い出せないのだ。冬の凍える冷気の中であの子たちの真っ黒い髪の毛や眸が映えていたのだけ覚えている。

「あたしが忘れられないことはまだあるの」

わたしたちは二杯目の紅茶に鶯《うぐいす》色の抹茶ケーキを注文した。

「いつ頃からか、あたしのねえやの梅ちゃんが中学に入ってだいぶ経った頃かしら、お母さんが変だ、変だって言い始めたのよ。家の中からいつの間にかぼろがなくなっていくの。洗い晒しの破れ手拭いとか、みんなの古い肌着、古足袋《たび》、古靴下。当時はぼろ屋が春と秋に買いに来ていたけど、溜めていた家の中のぼろが消えていくの。ネズミが引いて行くのかしらってお母さんが言ってたわ」

ネズミが引く……。そんな言葉、おとなたちが言っていたような気がする。

「ところがあるときね、裏の庭で猫にボールを投げて遊んでいるとき、お便所の裏へまわったら、アッというものが眼に飛び込んできたの」

姉はケーキのフォークを止めてわたしを見た。辛そうな顔になっている。

「何を見たの」

便所の棟は庭の西と北に一棟ずつあって、母屋から廊下でつながっていた。北の便所はわたしたち家族の部屋から離れていてめったに近くへ行くこともなかった。

「お便所の裏は草がぼさぼさ生えていて洗濯物干しが立ってるの。そこに何だか異様なものが引っ掛かってたわ。近寄ってみるとまだ濡れている。それはね、古手拭いや古靴下の切れっ端みたいだった。男物の肌着の切り屑みたいなのや、ハンカチより小さいのや、大きなのや、もう沢山のボロ切れがぶらさがってたわ。古綿みたいに変わり果てて元が何だったか分からないものばっかり」

ああ。そこはこの家で働く女の子たちの秘密の場所だったのだ。子どもはだんだんおとなになっていく。父親に連れられて来たときはおかっぱ頭の子どもも、季節が何回も移り変われば薄かった胸も膨らんで乳首も色づく。それと同じように冬の寒気に冷え切った女の子の下腹もふつふつと特別な血が巡るようになったのだ。

「そのボロはね、まるで朽《く》ちかかった鳥の巣か、風に千切れ飛んだバサバサの枯葉みたいだったわ。そんなものがズラッと垂れ下がってる光景。当時あたしの体はまだそれは始まってなかったけど、学校のおませな女の子たちがひそひそと言ってるそれだってすぐわかったわ」

「聞くも見るも無惨な話ね」

わたしの口はゆがんだ。

「でもね、当時はそれが特別めずらしいことじゃなかったらしいの。どうも、ボロはあの頃の家の宝物だったのよ」

「それじゃうちのお母さんもボロを使ってたの？」

「それはれいのデカねずみの飼育の恩恵で、紙綿みたいな生理用品が手に入ってたみたい。あっ、そのでかネズミのことだけど……」

と、急に姉の顔が思い出し笑いをする。

「お父さんのお手掛けさんだったキヌさんね。あの人は百何歳まで生きて老人施設に入ってると風の噂で聞いて、カステラ持って顔を見に行ったことがあるの。死んだ母と生きてるお手掛けさんを較べて複雑な思いだったけど。まあ母にもよくしてくれたからね。二人でしゃべってたら、そばのテレビに見たような顔が出たの。沼タヌキ！　ってキヌさんが指さしたの。それがでかネズミだったのよ。今では外来種の害獣でヌー、何だっけ、ヌートリアとか言うそうよ」

そのヌートリアのおかげで、母は戦前はビクトリヤ月経帯とかいう舶来品を使っていたという。時が移って、わたしのときはもうアンネナプキンが店頭に出ていた。

「脱脂綿は戦時中、負傷兵の手当に使う必需品で、戦地の従軍看護婦はボロもなくて、新聞紙を使ってたんだって。そんなふうに撃ちてし止まむ！、って突き進んだのね。脱脂綿の統制が解除されたのは戦後五、六年経ってから。それでもみんながそんなものをどんどん使いだしたのは、もっとずっと後のことだもの」

つまりあの頃はわが家のミッちゃんたちだけでなく、どこの家でも朽ちた鳥の巣みたいなものが、トイレの裏で北風に揺れていたということだ。

「そうかもしれないけど、でもそれ以上にもっと凄いものだったかもしれない」

と姉はケーキ皿から顔を上げた。

「れいの夜中の泥棒騒ぎがあった後、だいぶ経った頃にお母さんが言ってたのよ。あの晩、ミッちゃんの部屋に初めて入ったって。あの子に箪笥を与えても入れる物がなかったって。うちで買ってやった肌着と服が何枚かに靴下。家から持って来た寝間着は継ぎだらけのぼと膨らんだものだったって言うから、さっきの襤褸展の展示と同じようなものでしょうね」

姉はしんみりとつぶやいた。

「でも簞笥の引き出しにはね、ミッちゃんのお宝がどっさり入っていたそうよ」

「どんな」

「里から持って来たボロの束。たぶんミッちゃんのお母さんが出て行く娘のために、こつこつと溜めていた大事なボロなんだと思う」

店の外が日陰ってきていた。今夜あたり天気は崩れるかもしれないとわたしは思った。

店を出ると西の方の空が暗くなって遠い雷の音がした。

「春分の雷ね」

と姉が空を見上げた。

「春の雷をとこ懈《け》怠《たい》に妻かせぐ……、って俳句があるわ」

「意味わからない」

「この国にはね、健気な働き者の女たちがいたっていうこと」

「それで、雷はどうなるの」

「男の上に落ちるのよ」

姉は歩きながら両手を広げた。

道は少しずつ薄暗くなった。

清明《せいめい》

すべてのものが清らかで生き生きとする頃。

滝口悠生

虹始見

にじはじめてあらわる

春の雨上がり、
空に初めて虹がかかる候。
四月十五日から十九日頃。

❖玄鳥至《つばめきたる》
燕《つばめ》が南から
海を渡ってくる候。
四月五日から九日頃。

❖鴻雁北《こうがんかえる》
雁が北へ
帰っていく候。
四月十日から
十四日頃。

滝口悠生

たきぐち・ゆうしょう

一九八二年東京都生まれ。
二〇一一年「楽器」で新潮新人賞を受賞しデビュー。
二〇一五年『愛と人生』で野間文芸新人賞、
二〇一六年「死んでいない者」で芥川賞を受賞。

歩くことでふさいだ心が開かれるなどと思っていたわけではなかったが、その日はどういうわけか早く目が覚めた。引きずる眠気も全然なく、頭も体も軽やかだった。弁当をつくり、いつもより一時間ほど早く家を出られた。だから自転車ではなく歩いて仕事に行くことにして、自転車であれば十五分のところ、歩けば四十分ほどがかかる。一歩、一歩、地面をたしかめるように足を踏み出し、限られた一日の時間も、このように通勤の足で配分が可能なのだ、と思いながら。

それなのに、駅へと曲がる道に出たとたん、電車に乗りたい気持ちが心のうちにわいてきたのか、それとも歩いて疲れるのが面倒になったのか、私は駅に向かって歩き出し、路面電車のホームに上がってしまった。自分の行動が、自分の思いもよらぬかたちをとることは、きっとそんなに珍しいことではない。自分以外の物事が自分の思うようにならないのとどちらもあまり変わらない。私の精神や体力といったものよりも、私の生活が疲れてしまっている。

職場の最寄り駅までは四駅で、十分ほどかかる。電車に乗る前、歩くことがふさいだ心を開くと思っていたわけではなかったが、それでも歩くことに期待されていたのは、おそらく、いつもは十五分で見る景色を、四十分かけて見ることで、同じ景色、同じ距離から、より多くの情報を得ることだった。足よりも目で。しかしもちろん、逆効果ということもありえた。見慣れた景色の隅や奥に、この世界や、この世界で生きることを、いま以上に哀しくさせるようなものを発見してしまう可能性だってある。

近頃は、近所でインコをよく見る。ペットとして飼われていたものが逃げるか放されるかして増えたらしいが、すごい数がいる。電線の上に派手な黄緑色の鳥が何十羽もとまっているのを見ると、住宅街に似つかわしくないその南国的な色と姿が不気味だった。自分もなにかペットを飼おうか、世話などする気もないのにそんなことを思ったりもした。

天気はよく、あたたかい日だった。思いもよらぬ悲しい出来事もあれば、思いもよらない喜びだってある。人生にも、この世界にも。構文が倒置法がちになるのは、目の前に現れる出来事がよきにつけ悪しきにつけ、どれも倒置法的に現れるような印象が、知らず知らず表現されているのだろうか。天気などもそうで、晴れている、と思ったときには、その晴れている今日だとか朝だとかが置き去りで、遅れの最たるは他でもない私なのだけれど、しかし今朝は早起きができたのだ。心はともかく、目は開いた。晴れているのも、雨降りよりずっといい。

もうこの街に暮らして数年になるので、電車の窓の外の景色も見慣れたものではあったが、ふだん電車で通勤するのは雨の日ぐらいだから、外が晴れていることが思いのほか非日常の感じをもたらした。軌道と並行する細い道、そこをジョギングする青年たちや、線路沿いに迫って建つ家々の壁、そのそれぞれの肌理《きめ》、汚れ、ひびの走り、窓越しに盗み見る知らないひとの家のなか、あるいはベランダに干してある洗濯物。沿線のあるアパートの一室で、壁に宮沢りえの巨大なポスターを掲げている部屋があることも私は知っていた。中年の男が住んでいるその部屋はいつもカーテンが開いていて、電車に乗るとつい注視してしまうのだった。いつかの夏の夜などは、そのポスターを背に、上半身裸の男がちゃぶ台で茶漬けかなにかを食べているのが見えた。人生を生きるうえでなんら具体的な重要性のないそんな他人の部屋の光景が、一生忘れられぬ記憶になってしまう。ポスターはもうずいぶん昔の頃の写真に見えたが、テレビなどで宮沢りえを見るたびに、男のことを思い出す。盗み見ているのはこちらなのに、自分の人生の一画を男に奪われたような腹立ちをおぼえる。私自身が、男の人生がしみこんだ出汁《だし》で、冷たいご飯をずるずるすすり、いつの間にか彼の人生を引き受けている。そんな思わぬ将来が待っているかもしれない。電車の窓からは見えない男の部屋の台所では、エプロンをつけた宮沢りえが、漬物かなにかを切っている。思わぬ僥《ぎょう》倖《こう》と言うべきだろうか。人生のお茶漬け。

家並みが切れて、林とその前に雑草の生えた空き地が現れる。私はいつも、その林の前にたぬきが立っているのを電車のなかから見たことを思い出すのだったが、それは自分が見たのではなく、たぬきが立っているのを見た、とあるひとに聞いただけだった、といつもすぐに思い直す。日中のことだったそうだが、昼間にそんな目立つところにたぬきがいたのはどうも信じられず、立っていた、というその言い方も嘘くさく思えるその話を、やっぱり嘘なのではないか、法螺《ほら》なのではないか、と何度も繰り返し思ううち、どうしてか自分がその景色を見たような記憶になってしまった。このへんにも野生のたぬきが少数生息しているそうだから、目撃することは不思議ではない。しかし果たして、たぬきが立つものだろうか。あの大金玉の置き物じゃあるまいし。

言葉にすがるのは嬉しいときや楽しいときよりもその逆で、たとえば悲しみを言い表すいろいろの慣用句があるけれど、悲しいときにはそのひとつひとつがどれも見事に悲しいひとの心持ちを言い当てるように思えるものだと感心してしまう。そんなもの錯覚に過ぎず、慣用句が悲しみをいやすわけでもないけれど、何を見ても、何を聞いても、何をよろこんでも何を悲しんでも、それを伝える手段が言葉であるならば結局言葉に差配された錯覚のうちなのではないか。何もそんなに大した本当が私のうちにあるわけでもないのだし。数日前にひとづてに耳にした訃報があった。一方的に敬意と親しみを感じていたそのひとと会ったことはたった一度しかなかったが、そのひとがもういないのだと知ってみると、同じ場で一度とはいえ言葉と声をやりとりした事実はかけがえのないものと思えた。今年の桜は開花が遅く、四月になってから満開を迎えた。そのひとの家は中学校の前にあり、桜の時期は学校の校庭の桜がきれいに見えたから、いまもきれいに見えるかもしれない。

電車を降りて、駅のそばのお寺に行くと、境内の桜はもう葉桜になっていた。古い、小さなお不動さんのお堂が敷地の隅にあり、隣に建つ家と大きな銀杏の木の陰になって一日じゅう日が当たらない。私はここしばらく、このお堂の軒下を借りてお昼に弁当を食べていた。この近所には、そうと気づけば驚くほどにベンチというものがなく、公園にも、商店街の広場や歩道にも、座って弁当を食べられる場所がない。ホームレスが居座ったり寝たりするから置かないのだ。だからほとんどホームレスがいない。たまに見かけるそれらしいひとは、大量の荷物を引きずるようにして、常に歩き続けている。お堂を過ぎて、背の高い桜の木を見上げると、少し残った花と若葉が日を受けて、その向こうに晴れた空が見えた。風はほとんどなかったが、枝を離れた花びらがたえず何枚かひらひら舞っていて、今日一日が過ぎれば、もう花びらはほとんど落ちてしまうかもしれない。誰かの死を知って空を見ると、そのひとが空にいるみたいに思える、不思議だが、その思われ方は、何を思うよりもスムーズに心に起こるようだ。

いつもは閉まっていることが多い不動堂の向かいの建物の入り口が開いていて、なかには赤い布を敷いたベンチが奥に向かう形で左右何列かずつ並べられていた。前列の方におばあさんがひとり座ってお茶を飲んでいて、おばあさんの視線の先、奥の正面には花が飾ってあった。なかに入って見てみると、花は小さな仏像を囲むように飾られていて、私に気がついたおばあさんは胸元に両手で湯呑みを捧げもったまま会釈をした。私も頭を下げた。よかったら甘茶をどうぞ、と背後から言われて振り向くと、入り口にエプロン姿の女性が湯呑みを載せたお盆を持って立っていた。

私は赤い布の敷かれたベンチに座って、今日はお花まつり、お釈迦様のお誕生日です、という話を聞きながら、湯呑みの甘茶をいただいた。ほのかにあたたかいそのお茶は名前のとおりに甘かった。花まつりには、お花で飾った仏像様に、柄杓《ひしゃく》で甘茶をかけてさしあげる。甘茶はすなわち甘露であり、法会の正式な名前としては灌仏会《かんぶつえ》という。お釈迦様は花のたくさん咲く場所でお生まれになったと言われています。私はお茶を飲みながら、甘茶でかっぽれ、という文句を思い出してしまって、かっぽれ踊りはいまこの場所と関係がないはずだけれど、当座のところ使い途のないその囃《はや》し文句は、三味線太鼓のお囃子、ととんがとん、と手を打つ拍子を誘う。これも一種の慣用句で、そこでは語義とか字義とかに関係なく、無意味が慣習によって有意味化する。お茶を飲み終わった先客のおばあさんが女性にお礼を言って帰っていくその後ろ姿にお囃子が重なる。鉢巻をして裾をまくり、手をひらひらゆらゆら、腰を落としてちょいのちょいのと足を運び、かっぽれ、かっぽれ、ア、ヨイトコリャサー、アヨイトサッサッサー。私の斜め後ろのベンチに空のお盆を膝の上に載せて座り、かっぽれは花まつりともお釈迦様とも関係ありませんが、と話す女性は、お寺の和尚《おしょう》さんのご伴侶か、娘さんかもしれない。かっぽれ踊りの出自は不明ですが、世に広めたのは江戸時代の願人坊主《がんにんぼうず》と言われます。となれば仏教とまったく無関係ということでもない。お詳しいですね、と私が言うと、趣味で浄瑠璃を習っているもんですから、と女性は言った。ご神仏への願掛けを代理で請《う》け負うから願人坊主というのですが、客の代理でどこかのありがたい大社様に参詣したり、水垢離《みずごり》をしたりします。でも本当にちゃんとお参りしたり水行をしたりしたんですかね、怪しいものです。それにそんな身代わりでご利益があるのかどうか。しかしこういうものは疑いはじめてもしかたがない。これは信仰の話なんですから。願人は時代を追うとともに乞食坊主なんて呼ばれるようになって、願掛けだけでなく、露天で見世物芸をしてお金をもらったり、そのうちのひとつがかっぽれなんかの阿呆踊りだったというわけです。だからまあ大道芸の走りというか、ともかく本式の僧侶ではないんじゃないでしょうか。まあ僧侶や願掛けに、本式も何もないですけどね。大事なところは目には見えません。

乞食ですか、と私は言った。お釈迦様は死んだあとも誕生日を祝ってもらえて幸せ者ですね。

そうですね。まあ乞食というと大変ひもじい、哀れなニュアンスが先んじますが、托鉢ですからね。ということはやっぱり乞食坊主も立派な坊主か。ア、ヨイトサ。コリャサッサー。私は甘茶を飲み干した湯呑みをベンチに置いて、こういったベンチがどこにもないから、このあたりはホームレスがいないですね、と言った。

そうですね。大変によいことです。

そうでしょうか。私も弁当を食べる場所がなくて困ります。

お弁当ですか。

はい。実は毎日あちらのお不動さんのお堂の軒下をお借りしています。

あらそうですか。

私は女性に礼を言って法会場をあとにし、桜の木の横を通って、敷地から続く墓地に入った。各墓の区画は大きな霊園のように整然としてはおらず、わずかに傾斜のある土地に、いろいろな大きさ、古さの墓が少しずれたり傾いたりしながら並んでいた。手入れのされ方もそれぞれに、元気な生花が供えられたところもあれば、だいぶ薄汚れて、しばらくほったらかしな風情の墓もあった。ブロック塀を隔てた隣の敷地に建っている家の二階には広いベランダがあり、その手すりに鳩が一羽とまっていた。こちらを向いて、墓地を望むようにしている。境内の方を振り返ると桜の木が見え、墓地の別方には境内に生えた名前のわからない大きな木の枝が、墓地との仕切りを越えてこちらまで伸び広がっていた。常緑種らしい濃い色の葉をたくさんつけて、墓地の隅の墓や物置のあたりを日陰にしていた。そう遠くない幹線道路と、その上を走る高速道路から、自動車の走行音やエンジン音がかたまりとなって届くのだが、街なかを歩いている時と違って、そういう音は墓地や境内の地面までは降りてこず、上空でわだかまっているような感じがする。無音とは違うけれども、ひとの頭の少し先、ある程度の高さまでの静けさがある。そこにどこかから鳥の鳴き声がして、これは自動車の音とは違って、低い位置まで走るように響く。さっきの鳩ではない。カラスとも違う。どこかで飛びながら鳴いた、その動きが響く声にも残っていた。日当たりが悪いせいか、墓地の地面の土は湿り気のある濃い色で、踏み固められて表面がつるりと滑らかだった。通路に置かれた四角い踏み石を私の足が踏んで歩いた。ベランダの鳩は全身に春の日を浴びてあたたかそうだった。体が丸く膨れていた。名前のわからない木が広げた枝葉のなかで、スズメがせわしなく鳴き交わしていた。近所のインコがこちらの方まで飛んでくることもあるだろうか。もう少しあたたかくなってきたら、あの派手な羽の色もいくらか空に似合うようになるのだろうか。

それで私は仕事に行ったが、その日はお堂で弁当を食べなかった。朝早く起きたが、そのせいでいつも同じ時間に見ているテレビの天気予報を見逃した。西から急速に発達した低気圧が移動してきて、ここ何日か関東に快晴をもたらしていた高気圧にとってかわると、昼前から空には雲がかかって小雨が降り出し、夜には強い風をともなう雨になり、それから何日かは雨が続いた。

穀雨《こくう》

たくさんの穀物を潤す春の雨が降る頃。

橋本 治

牡丹華《ぼたんはなさく》

牡丹の花が咲き出す候。
五月一日から五日頃。

❖葭始生《あしはじめてしょうず》
水辺の葦《あし》が
芽を吹き始める候。
四月二十日から
二十四日頃。

❖霜止出苗《しもやんでなえいず》
霜の覆いがとれ
苗が育つ候。
四月二十五日から
三十日頃。

橋本 治

はしもと・おさむ

一九四八年東京都生まれ。
二〇〇二年『「三島由紀夫」とはなにものだったのか』で小林秀雄賞、
二〇〇五年『蝶のゆくえ』で柴田錬三郎賞、
二〇〇八年『双調 平家物語』で毎日出版文化賞、
二〇一八年『草薙の剣』で野間文芸賞を受賞。
二〇一九年死去。

渋谷の道玄坂を上り、円山町《まるやまちょう》のホテル街へ向かうのとは逆に左へ道を入ると、五階建ての小さな雑居ビルがある。一階の店舗部分を左に回り、ビルの表札を確かめて薄暗い通路を奥へ入ると、上へ通じる階段の横にエレベーターがある。人間になりたい人魚姫なら海底に魔女の住む洞窟を探すのだろうが、人の密集する大都会では誰がどこに住んでいるのかは分からない。

三階へ上がり、四つ並ぶドアの号室を確かめてドアフォンのボタンを押すと、低い男の声が「はい」と答えた。「メールで連絡した華奈《かな》です」と言うと、応答がないままドアが開いた。

顔を覗かせたのは、無精髭《ぶしょうひげ》に白髪の混った細面の中年男で、温和な理系の技術者のような顔付きをしている。男はドアの外に立つ訪問客の様子を確かめるように見て、「どうぞ」とドアを大きく開いた。

中は雑然としている。色々な物が置かれたデスクと椅子があり、それと向かい合うようにもう一脚の椅子。錦絵の入った額の掛かった壁の先には、マッサージルームによくある黒いビニールレザー張りの寝台が置かれている。

「どうぞ」と言って招じ入れておきながら男は椅子を勧めもせず、自分一人デスクの前の椅子に座って、立ったままの相手の様子を見ている。やって来た客は「常政《つねまさ》さん、ですよね?」と言ったが、男はそれに答えず「幾つ?」と相手に尋ねて、「ウチは未成年にはやらないんだよね」と言った。

「華奈」と名乗った相手は表情を強張らせて「十八です」と答え、男は「証明出来るものはある?」とだけ言った。

「卒業したんで、学生証はありません」

「卒業は、高校?」と言われて、「華奈」を名乗った娘は「はい」と言ったが、嘘だった。

「華奈」という名前は嘘ではないが、十八歳でもなく高校生でもなく、彼女はこの春三年に進級したばかりの中学生だった。

まだ十五歳にならない華奈は、美しい少女でも可憐な少女でもない。男は値踏みをするように少女を見て、「働いてるの?」と言った。どう見ても相手は「十八歳」ではなかった。

「働いてるの?」と言われた彼女は、小さく「いえ」と言ってから、「あ、バイトしてます」と言い直した。隠し事をしているのは歴然だが、それにしては杜撰《ずさん》すぎる。嘘をつくのならメイクをして素顔を隠せばいいのに、素面《すっぴん》丸出しのままでいる。場所柄、道を行く若い女はほとんど全員が化粧をしているので、素顔のままの娘になるとかえって年齢が分かりにくい。肌は若いが、瑞々しく若いわけではない。若い肌は辺りを睥睨《へいげい》するようにピンと張りつめ、そこからどこに焦点を合わせているのかがよく分からない一重瞼《ひとえまぶた》の下の黒い瞳が静かに前を向いている。

言いはしたが、常政が未成年にタトゥーを入れていないわけではない。十八、九で結婚して人の親になっている人間を、未成年と言わなければならない理由などない。

タトゥーを入れに来る女は、格別気張った顔をしていない。初めての歯医者にやって来た患者のように、痛いか痛くないかだけを気にしていて、「痛いですか?」と口にして「機械彫りだからそんなに痛くはないですよ」と言われてしまえば、その緊張は消えてなくなる。ところが、やって来た華奈は、明らかに重いなにかを抱えている。「後で面倒になるのは、やだな」と思って彫り師の常政は、「未成年にはやらない」というフェイントをかけた。

しかし相手は、格別な動揺を見せたりはしない。タトゥーを入れることが一種のメンタル療法になることもあると思う常政は、戸惑ってのことなのか緊張しての結果なのかはよく分からない無表情な顔をした少女に、「入れると消えませんよ」と言った。

「整形で消せるなんてことを言ってるけどどね、あれは焼いたり皮膚を切開したりしてるんだから、タトゥーは消えても、タトゥーの跡は傷痕になって残るよ」

言ってから常政は、「俺は町の教育親仁じゃないな」と思った。客が後になって面倒なことを言い出さなければ、それでいいのだ。

言われて華奈は「分かってます」と表情を変えずに言った。分かっていたわけではないが、言われてしまえば初めから分かっていたような気になる。

「いくらくらいかかります?」と、今度は華奈の方から言った。

「大きさによるけどね。いくら持ってるの?」

「五万円あります」

「スマホを買い換えたいから」と、父親に嘘をついてその金をもらった。

父親と母親の夫婦仲はよくない。父親ではなくとも、自分の母親が誰かと良好な関係を保っていられるのかどうか、華奈は疑問に思う。

一人娘の華奈に対して、母親は一度も自分から「可愛い」とか「きれい」と言ったことはない。言葉の潤滑油を欠いて育って、華奈も自分のことを「可愛い」とか「きれい」と思ったことはないし、「そうなりたい」と思ったこともない。「自分は哀れにも宙ぶらりんになっている」と感じて、「そういうもんなんだろうな」と思っている。ただなんらかの「欠落」があると思って、「お母さんは私のことどう思ってるの?」と聞いたことがある。生理というものが始まった後のことだった。ふと「どう思ってるのだろう?」と思って、それを聞いた。

尋ねられて母親は、「可愛いに決まってるじゃない」と言った。「バットが空を切るというのはこういうことなんだな」と、好きでもない野球に譬《たと》えて華奈は思った。

華奈が可愛いかどうかではない。母親は「自分の娘だから可愛いと思う」という信念で生きていて、自分の娘が「可愛い娘」になっているかどうかには関心がない。「そうなんだ」と、七歳の時の七五三の晴れ姿の写真を思い出した。

それを見るたびに違和感を覚えた。やがては、「自分がなにかに対して違和感を抱いている」ということを確認するために、その振り袖姿の写真を見るようにもなった。

その写真から伝わって来るのは、「可愛くない」という事実だった。なぜ可愛くないのかは分からないが、その記念写真からは「可愛くない」という事実だけが伝わって来る。「なぜ可愛くないのだろう?」と何年も考え続けて、なにかの拍子に「この写真の子にはなんの表情もない」ということに気づいた。女の子のバックにある写真スタジオのホリゾントの方が、ずっと表情がある。「表情があるということは、なんらかの動きがあることなんだ」と、もやっとした濃淡のあるグレーのホリゾントを見て思った。

バックには表情があって、その前にいる自分の顔には表情がない。それに気がついて、少しだけ「よかった」と思った。「自分はブスではないのだ。ただ、表情がないだけなのだ」と思って、どこかで広がる寂しさに蓋《ふた》をした。「表情がないんだ」と思いながら部屋の鏡に向かって口角を持ち上げたり、頰を引っ張ったりしてみたが、顔が歪みはしても「表情」が生まれることはなかった。表情の下にあってしかるべき「感情」というものがなければ、人に表情というものは生まれないのだという複雑な仕組が、まだ分からなかった。

母親には感情がない。娘を褒めもしないが、怒りもしない。ただ「――しようね」と励ます。励まして、娘の自主性に任せる――言葉の上ではそうだが、娘はなにかを奪われている。母親は「なにも分からない娘の自主性を育てている」と思ってはいるらしいのだが、娘の華奈は「笑顔のない母親からいつでもなにかを黙って強制されている」と感じている。それを「いやだ」と思う前に、ただ「強制されている」と感じて、自分の目の前にある高い壁をぼんやりと見ている。「高い壁」は、自分がよじ登るように強制されている目標なのだとは思うが、よく分からない。それは時々「自分の前に立ちはだかる母親の姿」のようにも思える。

「自分がなにかを強制されている」ということを感じて、そこから逃げたいと思わなくもないが、そこからはずれてしまうとどうなるのかがまったく予想が出来なくて、「逃げたい」という思いはどこかに消えてしまう。

小学校は、ありふれた地域の公立小学校へ行った。「名門」と言われる私立の小学校の受験には落ちた。そのために、中学受験は絶対だった。母親は「中学までは義務教育だから、受験なしでも中学生になれる」などとは一言も口にしなかった。だから華奈は、小学校の同じクラスに中学受験を考えない生徒がいるということになかなか気付けなかった。「受験がないのに、どうして勉強をするんだろう?」と思った。

五年生の時、「お母さん、香川さんや熊谷さんは受験しないみたいなの」と無表情な顔で言うと、母親は「お家が大変なんでしょう」と言った。華奈に友達はいない。同じクラスの友達に関する情報は、遠くから聞こえて来るだけのものだから、母親に推測付きで断言されてしまうと、「そうなのか」と思うしかない。

小学校の時でも、受験に通って中高一貫の私立中学に入っても、華奈はいじめに遭《あ》ったことがない。華奈は、遠くにいる存在感のない少女だから、いじめの対象からさえもはずされている。外にはいくらでも刺激はあっただろうに、華奈はそれに気付かなかった。テレビの画面になにか知らないものが映し出されて、母親に「あれはなに?」と尋ねても、母親は「なにかしら」と言って、娘の好奇心の芽を摘み取ってしまう。スマホを持ってはいたが、友達がいずに母親とメールのやり取りをするくらいで、使い途がない。ネット検索を知らないわけでもないが、「これはなんだろう?」と思って知ろうとするそのことがやってはいけないことのように思われて、ろくにしなかった。知らない言葉を検索しても、たいして重要なことが明かされているとも思えなかった。

母親との関係は変わらなかった。「気がつけばいる」という程度の父親との関係も変わらなかった。「明るいホームドラマ」というものがテレビ番組から消滅していたので、「家族」というものがどういうものなのかがよく分からなかった。それでも成長するにつれて、華奈は「父親」という家庭内の他人に慣れて、その接し方にも慣れて行った。気がつけばその人は、華奈の方から話しかけても、いやそうな表情を見せない人だった。

それを「関係が好転した」と言っていいのなら、父親との関係は好転した。しかし、母親との関係は、逆方向へ進んだ。以前は「――しようね」と言っていた母親の言葉の中に、「――しなさい」という明らかな強制・命令が混じるようになった。

母親がなにを焦っているのかは分からないが、なにかに焦っているらしいことだけは感じる。華奈は少しずつ母親から距離を置きたくなった。ただそれだけで、まだ「母親を嫌いになっている」とは思えなかった。

ある時、母親と一緒に見ていたテレビの画面に、外国人の男のシンガーが映った。若い白人のバンドのメンバーで、ボーカルのその彼は腕にびっしりとタトゥーを入れていた。それがタトゥーであると気付いた華奈が「あ」と声を漏らすと、母親はすかさず「いやね」と言ってチャンネルを替えた。華奈自身は、チャンネルを替えたくはなかった。母親がなにに対して「いやね」と言ったのかは分からなかったが、そこに母親のいやがるものがあることだけは知った。

タトゥーというものが存在することだけは華奈も知っていたが、それがどういうものなのか、具体的に知らなかった。ネットで検索しようと思った時、少しドキドキした。それが「入れ墨」とも呼ばれて、体に直接針を刺して墨を埋め込む行為だと知った時は、性的快感のような熱いものを体の中に感じた。それが「一度入れたら消せない」という、後戻りが出来ないものであると知った時にも、美しい絶望感のようなものを感じた。「リストカットなんかするんだったら、タトゥー入れればいいんだ」と思った。

それから、母親に対する拒否感は少しずつ増えて行って、母親を拒絶する気持が「お母さんから嫌われたい」という方向へ育って行った。「母親から嫌われたい。嫌われて自由になりたい」という思いが、チクチクと華奈の肌を刺した。

華奈は「赤い花って入れられますか?」と常政に尋ねた。

「薔薇を入れたいって、メールで言ってましたね? 図柄の見本ありますから、見ます?」と言って、常政は机の上のタブレットを取って、華奈に見せた。

「これが薔薇ね」と言われた西洋の薔薇は、なんだか美しくなかった。ブルボン王家の百合の紋章が「百合だ」と言われても、あまり「百合」とは見えないように。

華奈があまり乗り気ではないように思った常政は、「和柄だとこういうのもあるけどね」と言って、タブレットの画面をスクロールして見せた。画面には、真っ赤な牡丹の花が現れた。

「これ――」と華奈が言うと、常政は「どこに入れるの？」と即座に答えた。

華奈は、「これにしたい」と言ったつもりではなかった。みすぼらしい西洋風の薔薇なんかではなく、こんなにも豪華な花が人間の体の中に入るのかと思って、ただ「これ――」と呟いた。

「牡丹はね、ある程度大きくしないと貧相になるからな」と言って、常政は「腕？」と華奈に尋ねた。「牡丹」という言葉が、妖《あや》しく胸に刺さった。実際に牡丹の花を見たという記憶がない。牡丹という花の名前は、楊貴妃のような中国の美しい女性を連想させた。

華奈は着ていた紺のジャケットを脱いで、ピンクのブラウスの袖を常政に差し出した。初めて男に腕をつかまれたことでどぎまぎしている華奈にはおかまいなしで、常政は「細いな」と言った。

「細いですか？」と、華奈は反射的に答える。

「うん」と言った常政は、「腕にタトゥー入れて、学校でばれたらどうすんの？」と付け加えた。腕をつかまれた華奈は、「高校を卒業した」という嘘も同時に引ん剝《む》かれてしまった。二の腕を常政につかまれたまま、華奈は「脚は？」と尋ねた。もう既に「そのタトゥーを入れる」という方向へ踏み出してしまっている。

常政は、「脚ね？　見せて」と端的に言った。ためらっているのかどうか、自分でもよく分からなかったが、華奈はチェック模様の紺のスカートを少し上に引き上げた。

「左かな？　もっと上げて」と言って、常政は腰を屈めた。

「もう少し上」と、下着の際が見えるまでスカートを上げさせた常政は、「白いね。きれいな肌だ」と言った。

「きれい」という言葉が、生まれて初めて華奈の心に突き刺さった。「もしかしたら、自分の肌は白くてきれいなんじゃないか」と、湯上がりに自分の部屋のベッドの上で、体を撫でながら思ったこともある。

華奈の白い肌に、内側からほんのりと紅が差した。

「腿《もも》に入れりゃきれいだけど、着替えの時じゃなくてもすぐにばれるぜ」と常政は言って、華奈の頭に中学の更衣室が浮かんだ。

「あんなところで同級生にタトゥーを見られるのなんかやだ」と思うところに、「ちょっとごめん」という常政の声がして、ひんやりした男の指が下着の上から華奈の腰に触れた。「尻からね、ちょっと腰の方に伸ばして太腿にかかるくらいにすれば、隠せるだろ？　パンティ穿《は》いてるんだし」と、立ちながら常政は言った。

華奈はもう裸にされている。「裸になった私の体を、この人はなんでもなく、ただ見てるんだ」と華奈は思った。

「私、きれいですか？　って聞きたい」と、華奈は思う。

「ちょっと、下絵描いてみようか？」と、常政は言った。自分がなにをするとも思わぬまま、華奈は「はい」と小さく答えた。

「じゃ、下だけ脱いで、向こうの台の上で横になってくれる？」と言って、常政は華奈に茶色いバスタオルを渡した。

バスタオルは洗ったばかりのような感触で、スカートを下ろした華奈は腰にバスタオルを巻いて、下着を脱いだ。クッションの入った黒いビニールレザーの台に腰を下ろすと、「うつぶせになって」の声が飛んだ。

プールサイドで甲羅干しをするようなポーズになっていると、常政の近寄る気配がして、「失礼」という声がした。

重ね合わせたバスタオルが、華奈の腹の下になっている。「ちょっと腰上げて」と言われる通りにしたら、うつぶせの下半身が丸出しになった。

「きれいだ」と言って、常政の手が華奈の太腿と尻の境目を撫でた。華奈は、顔の下に置いた両の手の指をぐっと握った。

「力抜いて」と常政の声がして、ひんやりしたものが左の尻に当てられた。細い筆の穂先のようなものが、うつぶせになった華奈の白い肌の上になにかを描いて行く。華奈は、輝くような真っ赤な牡丹の花が、自分の中から開いて行くのを、恍惚として感じていた。

立夏《りっか》

次第に夏めいてくる頃。

蛙始鳴《かわずはじめてなく》

長嶋 有

野原や田んぼで、蛙が鳴き始める候。五月六日から十日頃。

◆蚯蚓出《みみずいずる》
土の中から蚯蚓が出てくる候。五月十一日から十五日頃。

◆竹笋生《たけのこしょうず》
筍《たけのこ》がひょっこり出てくる候。五月十六日から二十日頃。

長嶋 有

ながしま・ゆう

一九七二年生まれ。
二〇〇一年「サイドカーに犬」で
文學界新人賞を受賞しデビュー。
二〇〇二年「猛スピードで母は」で芥川賞、
二〇〇七年『夕子ちゃんの近道』で大江健三郎賞、
二〇一六年『三の隣は五号室』で谷崎潤一郎賞を受賞。

渓太《けいた》はガソリンスタンドの裏にしゃがんで、特にすることがなかった。午後の強い日差しが存分に降り注ぐ。ガソリンスタンドの四角い屋根は、裏まではかかっていないからだ。

ガソリンスタンドの裏という「言い方」は、本当には正しくない。普通「店の裏」といえばそれは店ではないが、ガソリンスタンドは店舗を巻いた裏もまたガソリンスタンドだった。渓太は見回した。そこにはよく分からないがメンテナンスのためのスペースがあり、おそらく修理のための機材が囲んでいる。塀に沿って車が——なにか事情があって、単にガソリンを給油しにきたのではないそれらが——何台か停車しており、脇にはタイヤも積みあがっていた。

ガソリンスタンドの店舗という「言い方」も、変だ。さっき中に入り、母はコーヒーを、渓太はコーラを買ってもらい飲んだが、落ち着かなかった。ガソリンスタンドの店舗でガソリンを買うわけではない。売っているのは建物の外側だから、じゃあ、ここは「店舗」っていうのかな。考えなくてもいいことだとも思ったが、このときも渓太はあたりを見回した。

カウンターの奥にはスタンドの人のための机と椅子があり、カウンターのこちら側にはパンフレットの挿《さ》さったラックがあり、ポスターの貼られた壁に沿って「ＯＩＬ」と書かれた四角い缶や、「ウインドウォッシャー」と書かれた液体のボトルなど、渓太には分からない物品が売り物として並んでいるが、それをおおいに売り出そうという風でもない。

店舗の中もだが、裏側ももちろん渓太は初めてだ。普段の通学路にガソリンスタンドがあるから、行き帰りにいつもみているが、小学生には用事のない場所だ。母が中古の軽自動車を入手したのが昨年のこと。セルフも含め給油には何度か立ち寄ったが、これまで助手席から降りる必要さえなかった。

コンクリートの塀の前に並んでいる車は、タイヤが外されたり、車体が大きくへこんだりしていた。

渓太の母の車もボンネットから煙が出たから、このガソリンスタンドに乗り入れた。

乗り入れたとき、スタンドはまだ開店していなかった。正午になろうというころ、道の前方に黄色い貝の看板がみえた際にはハンドルを握る母もよし、と手ごたえを口にしたが、真横まで来ると無人の気配が助手席の渓太にまで伝わった。給油中の車も停まってないし、中の建物の窓ごしに人の姿もみえない。入り口には金属のポールが数本立ち、紐でつないで柵にしてある。

「やってるかな、やってないか、これは。やってないかやってるか?」半か丁か丁か半か。母は無人のスタンドではなく、前方に顔を向けながら思案を続けた。ここをスルーしたとして、次のガソリンスタンドがあらわれるのはどれくらい先か。ボンネットの縁からは白煙がわずかだが漏れ続けていた。

「潰れて……いないっぽいね。じゃあ、いいや」まだやってなくても、という響きを込めて母はハンドルを切った。どのみち、走り続けたら本格的にオーバーヒートしてしまうだろう、と。ポールとポールの間の紐が一か所だけ垂れ落ちていたことも、母の決断を後押しした。紐を踏んで入店したのだ。

「やっぱり、まだやってないみたい」まだやっていないスタンドは、潰れたスタンドに似ていた。廃墟のようなガソリンスタンド跡を、ここに来るまでにも幾度か通り過ぎてきた。それらの跡に看板の類は一つもなく、無塗装の太い柱と四角い屋根だけが残る。「勘違いして誰かが立ち寄ることのないように、すぐに看板を外す」と母に教わってから、渓太は無人のガソリンスタンドが現れる度、必ずみつめてしまう。すぐに通り過ぎてしまうから、みようとしてみないと実質見逃す。

近所の店が潰れても、店の看板は長いこと取り外されないままだ。外すのにも費用がかかるから、次の改装や建て替えまで放っておかれ、ずっとその店を名乗り続ける。潰れたガソリンスタンドだけはそうあってはならない。わざわざ白くする。母の説明はとても納得できるものであり、かつ不思議な気持ちを沸き起こした。車や道が、ただの物体に思えなくなる。

渓太が車窓から懸命にみようとしてしまう白いガソリンスタンドは、社会科見学で訪れた区政センターのロビーに展示された模型の街のことも想起させた。既にある街の灰色の模型の中に混ざった、将来ここにこんなビルが建ちますよ、という「予定」の白い建物みたい。実際には予定の逆の、役目を終えたもの。変だ。

とにかく貝のマークの看板が掲げられているというだけで、ここは「やっている」と思ってよい。四角い屋根を見上げ、給油機に視線を移す。渓太は、あの巨大なガンのようなもので給油をしてみたかった。一度、母に水を向けられたときに怯《ひる》んで、興味のないような返事をしてしまったのだ。給油機脇のホルダーに収まったガン（という名称が正しいか分からないが、そう呼ぶのが差し当たって正しそうなそれ）に手を触れてみようとためらっていると

「今から開けまーす」ずいぶん遠くから男の声がした。

「すみません、今から開けます」同じことを繰り返し、二人に姿を認められたことで遠くの男は歩みを小走りに切り替えた。ガソリンスタンドの店員然としていない、私服姿のおじさんだった。

渓太は少しばかり新鮮だった。自動車のための施設に徒歩でやってきたという言語矛盾のような男のこともだし、ガソリンスタンドが開こうとしているということ自体が。二十四時間営業でないなら、この世のどんな店もシャッターを下ろしたり、のれんをしまったりして閉めるし、逆に開店の瞬間も必ずある。ガソリンスタンドだって同じだろう。でも、まだやっていない、これから開く瞬間に立ち会うのは稀《まれ》だ。トレーディングカードでいうなら「レア」だ。もちろん、ゲームと違い、そんなの別に感激するようなことでもないのだが、昨日からずっと母とだけ口をきき、景色だけみてひたすら運ばれっぱなしの身だったものだから、男の挙動をまじまじと眺めてしまった。

男は小走りのままポールの紐を素早く取り去り、それからポール自体を操作して、地面にしまいこんだ。二本そうしたところで母と渓太の車に近づいた。

「ラジエーターですね」ボンネットを開け、内側に装着された金属の棒で固定しながら店員はすぐに言い切った。母と男は煙の出ている個所を見下ろした。男はガソリンスタンドの制服姿ではない、ジャンパー姿の、おじさんのままだ。

「交換ですか」母と店員が目をあわせたところを渓太は下からみていた。

「これ、あるかなあ」

「替えがですか」

「そう」

「やっぱり、ないですかね」

「まあねえ」打ち解けているというほどではないが、初対面同士の男と母のあいだで、目前の事態について見解をただちに共有したスムーズな会話がいきなり始まったのが渓太には意外だった。初対面の子供同士は、そうならない。大人って、そういうところが大人だ。

「まあ、すぐには無理かもなあ」店員は店舗に歩き出す。

「無理って、どれくらいかかりますか」別に彼が、目前の故障に対し匙《さじ》を投げて後戻りしたのでないことは分かっていただろうが、呼びかける母の声は少し張ったものになった。

ちょっと電話してみます、店員は悠然と店舗に入っていった。ほどなくして戻ってきた店員は胸に貝のマークをあしらった制服姿になっていた。

「代車を手配できますよ」

「代車かあ」母は険しい顔になった。おばあちゃんのいる青森まで、車だけで行ってみよう。高速道路もなるべく使わずに。ゴールデンウィークの過ごし方として提案されたときには、深く考えずに賛同した。しかしこの事態、母はどうするつもりだろう。

店員は残りのポールを地面に沈めた。入り口近くに積まれたタイヤの、一番上のを引っ張りだして地面に落とす。トゥーンと小気味よい音を立ててタイヤは弾んだ。

「急いでるの？」店員はため口になっていた。母に向かって尋ねながらタイヤに手をかけ、転がして車道そばの入り口まで持っていく。

「まあ、そうです」男は今度は店に戻らず、その場で携帯電話を取り出した。へえ、急いでいるんだ。渓太は母の顔をうかがった。高速道路をなるべく使わずに、とか言ってたはずなのだが。

「今、知り合いの修理工に電話で問い合わせてみる」もし型のあうラジエーターがあれば取り寄せて今日中になんとかなるかもしれない、と。

母と渓太を店舗に招きいれてから、男は店の外にせっせとのぼりを立て始めた。さっき転がしていたタイヤは金属の台座の重しになるらしい。「手洗い洗車」「毎日が特売日」などなど、大きな活字ののぼりが四本たつと、船が帆を張ったというか、やっと店が店の体を得たようにみえてきた。

男の息子だか弟だか、とにかく「家の者」が軽トラで必要な部品を取りにいくことになったと告げられ、丁重に礼を述べた母は店員の男に車のキーを預けて、私そのへんみてくる、と渓太にはぶっきらぼうに言い置くと手ぶらでいってしまった。

みてくるといっても、なにもなさそう。スタンドの向かいは畑か空き地か判然としない感じで、その奥は低い山の手前まで住宅群がみえたが、とにかく全体にしんとしている。さっきまでぐねぐねの峠を昇って、下って、ぼうぼうの草がガードレールをはみ出してるような道を抜け出てきたところで、コンビニもなんの店も見当たらなかった。母も、なにかないかをみてくるのでない、ただ散歩してくるというつもりだったかもしれない。

スタンドの男の手によって、母の車は裏の、いかにもすぐ修理に取り掛かれるという感じのスペースのすぐ脇に停められた。

ガソリンスタンドの本当の裏——さすがに退屈になり、コンクリの塀をよじのぼって向こうをみてみたのだ——は草むらで、その奥は川だった。蛙の鳴く声が聞こえる。

渓太は助手席を開け、自分の荷からゲームボーイを取り出した。塀にもたれかかるようにあぐらをかいて遊ぶ。しばらくすると視界の端に蛙が現れた。ガソリンスタンドの向こうの隣の敷地からやってきたのか、渓太には横顔をみせたまま、頰をふくらませている。遠慮する気持ちになる自分を変だと思いながら、渓太はゲーム機の音量を下げた。

またしばらくすると店舗の裏口が開いて、さっきの男がコンビニの袋をさげながら、蛙には少しも頓着せずに近づいてくる。

「おにぎり食べない？」この人、いくら給油の客が来ないからって、店をほったらかしにしてコンビニに行ってきたのか？　逡巡したが受け取った。

「ありがとうございます」声を出したら、出すのがそういえば久しぶりで、喉の上と下がくっついた変な声になった。車の故障で足止めになり、しかも親はどこかいってしまって、かわいそうがられているのか。どこからきたの。東京から。へえ。どこまで行くの。青森のおばあちゃんの家。それは遠いねえ。男は質問しながら自分もおにぎりをむいて食べ始める。遠いんだろうが、自分が今、どのへんにいるのか——関東の北か、東北の南なのか——あまりきちんと把握していない。母の車にはカーナビがないのだ。

店番しなくていいのかな。店番という言葉も、ガソリンスタンドにそぐわないなと渓太はすぐに思い直した。男はパック入りのみたらし団子も差し出してきたが、渓太は断った。団子の串は最後の一個を食べるとき刺さりそうで怖いから。

「お、渋いの遊んでるね！」

「言うと思った」渓太もついため口が出てしまった。大人の男は皆、昔のゲームボーイをみると喜んで、ひとしきり話題にする。故障のためにいろいろ気を配ってくれて、おにぎりまでくれた親切な、しかも会ったばかりの大人に対してつっけんどんな物言いをしてしまい、ひやりとする。

だが男は気にせず、みせてよみせてよと手を伸ばしてきた。ちょうどゲームオーバーになったところだったから電源を切って男に渡した。

「あれ、みてみてもいいですか」貸してあげるかわりにというつもりはなかったが、渓太が指さしたのは巨大な洗車機だ。

「いいよ、いいよ」男はゲームボーイの起動音を聞くだけで目を細めた。少し前に中古ゲームショップで、大幅に負けてもらって入手したものだ。渓太の所持品なのに、大人の男の手に渡るといきなり、自分が持つよりもしっくりしてみえた。

渓太はおにぎりを片手に洗車機に向かう。みてよいかという許可の取り方は、なんだか違っていた。洗車機は物というよりも場所だから、行ってもよいか、だ。出口側から覗き込むとふさふさの毛のついた巨大な円筒が左右と上にもみえる。四角く区切られた向こう側には日光が降り注いでいてまぶしい。男は塀にもたれてゲームに夢中なので、無言で中に入ってみる。

ひんやりとしていた。この、モシャモシャが車を包み込んで洗うのか。ふうん。潜り抜けたところで足元に蛙がいたことに気付かず、声をあげてしまう。さっきの蛙ではないだろうが、大きさも色もよく似ている。何度か蛙は前方に跳んで、渓太との距離をとった。あー、びっくりした。

さっき触りそびれた、給油機のガンを手に取ってみよう。近づいて手を伸ばすと、ガンの挿し込まれた黒いホルダーの隙間でなにかうごめいている。今度は虫だ。また、声をあげそうになる。イナゴかバッタみたいな虫が何匹も潜んでいた。

目当てのガンを手に取るとどうなる。その後ろにはさらに何十匹もいて、一斉に飛び掛かってくるなんてことは……。渓太は握っていたこぶしをゆっくりとガンに近づける。

そのとき店舗から男とは別の若い店員が出てきて、渓太はもっと驚いてしまう。若い店員はバケツの水を車道に向かって流し始めた。

「こんにちは」快活に挨拶をされる。渓太の口からもこんにちはが漏れたが、また喉がくっついているような声になった。

渓太が裏にいるうちに、新たな店員が出勤していた。もうとっくに制服に着替えた（きちんと制帽までかぶっている）若い男はなんともガソリンスタンド然とした、きびきびとした動作だ。さっきの男は開店しておきながらサボっておにぎりを買いにいったり、裏でゲームをしていたのではなかった。若い店員が来たから動けた。そりゃ、そうか。渓太は店舗の入り口近くに身を寄せながら、自分の驚きに感じ入りもした。虫や蛙がそこにいたことと、店員がもう一人きていたのと、同じタイプの驚きだ。

「然」とし始めたからだろうか、車が給油に入ってきた。若い男は迅速にかけつけ、帽子をさっと脱いでみせる。あの人も徒歩出勤かなあ、だったらもう、住めばいいのに。

しかし、今給油してもらっている運転席の人からすれば、ガソリンスタンドに子供がいるのは奇異にみえるだろう。居心地が悪くなり、今度は洗車機の中ではなく脇をすり抜けて裏に戻ると、蛙も男もいなくなっていた。蛙はともかく男は裏口から店舗に戻ったのだとすぐに了解できず、うろたえる。塀際のコンビニの袋の上に重しのようにゲームボーイが置かれていた。

拾い上げて電源を入れると、マリオがコインを取る音が大きく鳴り響く（男が音量をあげたのだ）。五月の強すぎる光に負けそうな淡いタイトル画面を眺めるうち、渓太は知らない土地で一人きりだということを唐突に自覚した。

母は本当に、青森のおばあちゃんの家になんか行くのだろうか。

昨年不意に車を買ったときから、母は時々おかしい。

夜、電卓をたたきながら、洗濯物をたたみながら、意味もなく含み笑いをしているような、不思議な顔をみせる。車を買ったことが、そもそもおかしいことだったかもしれない。ゴールデンウィークだからって、スーパーマーケットは休みじゃないだろうに。ずっと勤めているレジの仕事を長く休んで大丈夫なんだろうか、くらいに受け止めていたけど。渓太は分厚い塀によじ登り——厚みが十分あることは既に知っていたので——座ってみた。

ぜんぜん、大丈夫じゃないいんじゃないのか。なお陽光は強かったが、日は傾いてきている。長旅から戻ってきたときに、クビになってないか。そもそも、職場に戻るんだろうか。もしかしたら、これはなにかから逃げる旅なのではないか。子供って、いろいろ、すぐに、全部を教えてもらえない。教えてもらったところで、格好よく母を助けたりできない、不安なままなんだろうけど、だから教えてもらえなくてかまわないとも思えない。

だが渓太の不安はすぐにしぼんだ。川の向こうで母が手を振っていたからだ。振っている手に棒か草かなにか持っている。手を振る母の大きさが、ここからだとさっきの蛙と同じくらいだ。

あっけないなあ。なにに対してそう思ったのか、渓太は分からなかったが、とにかく不安のかわりに拍子抜けの気持ちで、手を振った。遠くの母をみるのも、人生初だ。そっちに帰るね、というように口を動かして、母は土手を上り始めた。中腰の姿をみられ続けるのはバツが悪いんじゃないかと思い、渓太は回転椅子に座っているみたいにお尻を軸にしてスタンドの方を向いた。いなくなったと思っていた蛙が少しずれた、二人の車のそばにみえて、今度は驚かない。飛び降りて近づいても、今度は蛙も驚かない。イナゴかバッタがたくさんいるんだから、彼らにはここはずっと楽園だろう。

母はなにかの草を摘んで帰ってきた。ラジエーターの交換は日暮れ頃には終わった。ガソリンも満タンに入れて、おすすめのラーメン屋を教わって、乗り込んでシートベルトをしゅるしゅる言わせたところで助手席の窓が叩かれた。

「これ」窓を開けると、軍手をした男がくれたのはゲームボーイのソフトだった。

「あげるよ、これ、家に取りにいってきた、もう遊ばないから」

「ありがとう」今度は、喉の管がくっつかなかった。車はウインカーの音を立てて右折し、暮れつつある車道を進みだす。

小満《しょうまん》

いのちが次第に満ち満ちていく頃。

高樹のぶ子

蚕起食桑《かいこおきてくわをはむ》

蚕が桑の葉を
たくさん食べて育つ候。
五月二十一日から二十五日頃。

❖紅花栄《べにばなさかう》
紅花が
咲き誇る候。
五月二十六日から
三十一日頃。

❖麦秋至《ばくしゅういたる》
麦の実りを
収穫する候。
六月一日から五日頃。

髙樹のぶ子

たかぎ・のぶこ

一九四六年山口県生まれ。
一九八四年「光抱く友よ」で芥川賞、
一九九四年『蔦燃』で島清恋愛文学賞、
一九九五年『水脈』で女流文学賞、
一九九九年『透光の樹』で谷崎潤一郎賞、
二〇〇六年『HOKKAI』で芸術選奨文部科学大臣賞、
二〇一〇年「トモスイ」で川端康成文学賞、
二〇一七年日本芸術院賞を受賞。
二〇〇九年紫綬褒章、
二〇一七年旭日小綬章受章。
二〇一八年文化功労者。

お蚕さまと人間の歴史は長い。お蚕さまがどこからやってきたかについても、さまざまな説があるけれど、とりあえず中国からであろう。日本書紀にもそれとおぼしき話が記されているし、伝承話にも事欠かない。

継母《ままはは》が継子《ままこ》である娘を疎んじて、桑の大木をくり抜いた筒状のものに入れて海に流したところ、それが日本に流れ着いたとか、別バージョンでは桑の筒が海を渡って流れ着いたのを老夫婦が拾い上げ、筒を割ると中から輝くばかりの幼い姫が現れた、などというのもあり、こうなると竹取物語と桃太郎の、両方の原型にも思えてくる。

美智子皇后が大事に育てておられるのは小石丸《こいしまる》という純国産の蚕で、その糸を科学的に調べたところ、古代布《こだいふ》がほぼ同じ蚕の絹で織られていたのが判ったのだとか。皇室とも大変ゆかりの深いお蚕さまである。

蚕が食べるのは桑の葉だけ。だから古代より桑の木は大事にされ、桑畑も日本全国あちこちに広がっていたらしい。

かの菅原道真公は大宰府に左遷された恨みで、死後、雷神となって都人たちを震え上がらせたが、道真公の所領である桑原にはさすがに雷も落ちなかったので、人々は雷鳴がとどろくと、ここは桑原ですよ、クワバラクワバラと唱えて雷が落ちないように祈った。真偽のほどは判らない。

いずれにしても桑の木は、絹を得るためには必要で、古代から大切な樹木だったのは確かなようだ。

現代の話。ある病院の中庭にも、数本の桑の木が一列に植えられている。昨今はお蚕さまの食料というわけではなく、良く繁る枝葉が夏は日陰をつくってくれるからだ。秋にはマルベリーと呼ばれる濃い紫の実がなり、若返り栄養素のアントシアニンも含まれていることから、ジャムなどに加工されたりして女性には人気がある。

殖産のためではなく趣味として蚕を飼う女性も増えているらしい。巨大な芋虫のような身体も、蛾となって蚕から出てきた成虫も、蚕好きには白くて優雅、モフモフと高貴に感じられ、この上なく愛おしく思えるのだとか。

そこにはほんの少し憐憫《れんびん》の情も混じっているだろう。太さ〇・〇二ミリの糸を命の限り吐き終えた蚕はサナギから蚕蛾《かいこが》と呼ばれる成虫となるものの、何も飲まず喰わずで生を終えるのだという。人間に美しい絹の繭を残して。

ある観察者によると、蚕蛾は決して飛ぶことのない白い羽を切なく揺らめかせながら、ホロホロと粉屑のように壊れるのだとか。

病院に話を戻そう。

奥まった病棟の二階に目を移すと、白いカーテンを十センチばかり引き、ガラス戸も同じぐらいに開けた小さな窓がある。そのすぐ下には緑の葉を広げた桑の木があり、季節がら枝葉は若緑色に深々と茂っている。

その十センチの隙間から空を見上げている少女がいた。

少女は重たそうに首を持ち上げて、白湯のような大気をくぐり抜けて落ちてくる、キラキラした光りの屑を見詰めている。地上に万遍なく降り注ぐ光りの粉が、珍しくてたまらない様子。

それもそのはずで、少女は一週間ぶりに窓を開け、直接光りを浴びたのだ。

少女の名前はさつきという。久々の光線が強すぎたのか目映《まばゆ》くなったさつきは、目をこすりながらガラス戸を閉じたものの、絹のような光りの糸がどこから落ちてくるのか不思議で、内側からそっと光線を辿っていくのだった。

すると光りの線が交叉しながら縺《もつ》れあい、微粒子を飛ばしあいながら囁いている透明な音が、確かに聞こえてきたのだ。

「お、今朝は気分が良いらしいね」

ドクターが、いつものように八の字眉をさらに柔らかく揉《も》みほぐした目で、さつきの側に近づいてきた。

ドクターがこんな甘すぎるドロップのような目で近づいてくるのは、良くない検査結果が出たときだ。いつも何かプレゼントを差し出して、さつきの喜ぶ顔を確かめる。そのあとで、検査結果をさりげなく伝えるのだ。だからさつきも、ドロップのような目には身構えてしまう。

「やっと蚕を手に入れたんだよ。ボクの知り合いが蚕を飼っているって言っただろう？ その人に、病院の中庭に桑の木があると言ったんだ。するとその人は、桑の葉っぱを分けて貰えないかと言うんだ。蚕はいまの時期、凄い分量の桑の葉を喰うらしい。蚕を一匹分けてくれるなら庭の桑の葉を勝手に取ってもいいと言ったら、交渉成立したわけ。ほらこれを見てごらん」

ドクターの手には、ケーキが数個入るような紙の箱が載っている。

この病棟は、いつもしんと静まっている。数本の桑の木の南側に、円形に花を植えた庭があり、円形の花壇の中央にはゾウが鼻を空に向けた噴水もある。花壇の向こうには、毎日患者が詰めかけて忙しく診療が行われている建物がある。ときどき救急車のサイレンも聞こえてくるのだが、山側に立つこの病棟は、重症の患者ばかりが入院していて、半分は個室になっている。トイレに行ったとき、廊下の一番奥の部屋の前に看護師さんが大勢集まって頭を下げているのを見たさつきは、慌ててベッドに戻って何も見なかったふりをした。

さつきがこの部屋に入ったのはほぼ半年前だった。若い入院患者が珍しいのか、看護師さんたちもドクターも親切で優しく、いつもにこやかな笑顔を浮かべているけれど、そのキビキビとした穏やかさの裏に異様な緊張が仕込まれていることにさつきは気づいていて、大変だな、この病棟で働く人たちは、とまるで他人事のように申し訳なく感じるのだった。

ドクターから手渡された箱を開けると、緑の葉に埋もれるようにして、フカフカの白い虫が動いていた。

蚕はもっと小さい虫だと思っていたさつきは、五センチを越す大きさにちょっと驚いた。その大きさのせいで、虫の気持ち悪さは感じられず、逆に未知の生きもののしなやかさ、大らかさが伝わってきた。蚕は虫に違いないけれど、虫けらではない。厳かな風格がある。この虫が絹糸を吐くという知識のせいか、特別の意志を持って動いているように見えた。

「この蚕ちゃんは、三代目の丸子《まるこ》だって。この子の母親も丸子、お祖母さんも丸子」

「だったらメスですか」

「そうらしい」

「メスだって判るんですか」

「飼っていた人がそう言ったから、きっとメスだよ。明日から桑の葉をたっぷり食べさせなくてはね。手伝ってあげるよ」

「ありがとうございます」

箱の中をぼんやりと見下ろしているさつきの背中に向かって、生きものがいると楽しいね、とドクターが言った。

蚕なら飼っても他の入院患者に迷惑はかからない。たぶん自分は、窓の下の桑の葉を取ることはできないだろうが、看護師さんやドクターが取ってきてくれる。桑の葉を丸子に与え、いっぱい食べて立派な繭を作るのよ、と声を掛けるのだろう。さつきには判っていた。もう、直接さつきに掛ける言葉が無くなってしまったのだ。

ドクターは丸子の箱を抱いたさつきに、予想したとおりさりげなく、さほど重要でもない事柄のように言った。

「……白血球の数だけどね、やっぱりレベルを超えてた。これからだな、頑張ろうね」

目を伏せたドクターにさつきは、はい頑張ります、と明るく答えた。けれど丸子の箱を枕元の小机に載せたとたん、立っているのが辛くなってベッドに横たわり、酸素吸入の管を耳に掛ける。

ドクターと入れ替わるように看護師がやってきて、何かあたふたとメモをとって、最後にさつきの胸までブランケットを掛けた。

「良かったわね、蚕が手に入ったんだって？」

苦しくて返事が出来ない。しばらくして、丸子、と言った。

「え？」

さつきの口に耳を寄せて、言葉を受け取ろうとする。

「丸子です、蚕の名前」

必死に力を絞り、一息に言うと、視界が溶けて昏《くら》くなった。

その夜のことだ、さつきが息苦しさで目を覚ますと、どこかで会ったことのある女の子が枕元に立っていた。ベッドに横たわるさつきの顔と同じ高さに顔がある、ということはかなり小さな子らしい。白く柔らかな肌で、顔の周りがぼんやりと明るんでいた。時計がチ・チ・チ・チ、と正確に時を刻んでいる。

「どこから来たの？」

「遠くから」

「どれくらい遠くから？」

「二千年ぐらい」

「窓から入ったの?」

もしかしたら窓を閉め忘れていたかもしれない。けれど女の子はゆっくりと首を横に振った。前髪が水藻のように揺れた。

「名前はあるの?」

「丸子」

そこで初めてさつきは気がついた。

「そうか、お蚕ちゃんか」

「違います、丸子です。これまでも、これからも、何千年も丸子です」

そういえばドクターが言っていた。母親もその母親も丸子なのだと。

「この病院の桑の葉っぱは美味しい?」

「とても美味しい。柔らかくて、食べても食べても、どんどん食べることが出来る。それに……身体の中の命の輪が、どんどん回転して、すごくすごく速くなって、私はもう、次の世に旅立つ仕度が出来ました。みんなこの病院の桑の葉のおかげです」

さつきは丸子が言う意味が良く解らないけれど、眠る前に丸子の箱を覗いてみると、桑の葉陰からシュワシュワと、乾いた砂が細く流れるような音がしていた。あれは丸子が桑の葉を食べる音だったのだろう。それとも丸子の身体の中の命の輪が速く回転する音だったのだろうか。

「目を瞑《つむ》ってみて」

と丸子が言い、さつきが目を閉じると、顔の前を柔らかな風が通り抜ける。その中に春の野原の草々のような匂いが混じっていた。

目を開けても良いよ、と言われてさつきがそうすると、周りがすべて遠近のない真緑で、けれどその緑が葉っぱの重なりだと判ってくると、葉の間をくぐり抜けて少しずつ空気が流れているのが感じられた。

「後ろを見てはダメよ」

「どうして?」

「私、ちょっとヘンな恰好になってるから」

そう言われてもさつきは、じっとしてなどいられない。なぜなら久しぶりに身体がラクに動き、肩に力を入れなくても息が胸に入ってきて、このまま緑の海に向かって飛び立てそうに快適なのだから。さつきは嬉しくなって振り向いた。

丸子が居た。丸子の顔があった。けれど丸子の身体は、柔らかなぬいぐるみに入ったように長く伸びている。身長がさつきの倍もありそうだった。

「……沢山食べたからこうなった」

と丸子は申し訳なさそうな顔になり、だらしなく笑った。白い顔の中の丸い目が悪戯を仕掛ける子供のように愛らしく、けれど油断ならない強い意志も秘めている。

「これから大事なお仕事です。見守ってて下さい」

「はい」

さつきは少し緊張したが、この緑一色の世界が気に入ってずっとここに居たかったので、丸子に寄り添ってその長い背中を撫でてみた。丸子はくすぐったそうに、けれど満足した安らぎを浮かべて、さつきに頬ずりした。

顔を離すと、丸子の口が奇妙に曲がり、そこから液体のような透明な糸がつつっと零れ落ちた。いつの間にか周囲の緑が、夜明け前の薄明かりほどの灰色に変わっている。丸子はしきりに自分の口に手をやり、その手の先を透明な空気の中に一つ一つ置いていくのだ。それはもう完成された舞踏のようにしなやかで、神に捧げ物をする姿にも見える、規則正しく優雅な動きだった。

「私も手伝う」

さつきも、丸子の口に手を添えると、そっと引っ張るようにして丸子が置いた一点にくっつけていく。こんなに楽しい遊びがあるだろうか。丸子も、自分と同じ動きで両手に糸を受けては世界と二人を隔てる膜を作っていくさつきの協力が、嬉しくてたまらない様子なのだ。

丸子はくねくねと上手に身体を回転させる。さつきも真似て身体を踊らせた。一本の、ほとんど透明な亜麻色の液体が、たちまち光りの糸になり、二人を取り巻く薄い色の膜を作っていった。

さつきは気がついている。丸子が少しずつ痩《や》せて全身が硬くなっていくのを。

「辛くない？」

と訊ねたが、もう返事をしない。ついに倒れ伏して、うっすらと目を開けてさつきを見る。その手が伸びてきたのでさつきが摑《つか》むと、二人は身体を寄せたまま転がって天井を見上げた。明るいベージュの幕を通して、少しだけ外界の光りが透けて見える。

「これ、全部丸子が作ったのね」

「……一緒に作ってくれた。嬉しい」

「こんな優しい場所に連れてきてくれてありがとう」

「一人で作ると、小さな空間になってしまうけど、二人で作ると、この宇宙がふつうよりちょっとだけ大きくなる。玉繭、って言うんだって。玉のように完璧で大きくて美しくて
……私たち特別」

「だったら」

「そう、このままここにじっとして、宇宙の大きさを感じていれば良いの」

「丸子はそのために、私を連れてきたの？」

「そうよ。二人で一緒に作ったこの黄蘗《きはだ》色の空を、永遠に眺めていましょう……ね、身体が硬くなってくる感じがするでしょ？」

そう言われてみると、丸子と繋《つな》いだ手も肩も首も、石膏を流したように強ばっていく。けれどそれが痛くも辛くもない。

「ねえ、外側で何か声がするわ」

「そうね、誰かが何か言ってるわね」

二人で耳を澄ますと、女の声と男の声が順番に、寄せる波のように伝わってきた。

……亡くなってます……

「……ねえ、亡くなる、って、どういう意味？」

さつきが丸子に囁くと、

「……良く判らないけど、幸福、って意味じゃないの？」

「そうね、幸福、って意味なのね。私たち、幸福なのね」

さつきはもう、言葉の意味など考えずに、ただうっとりと呟き目を閉じる。すると全身がホロホロと心地良くなった。

芒種《ぼうしゅ》

稲や麦など穂の出る植物の種を蒔く頃。

腐草為螢《ふそうほたるとなる》

保坂和志

蛍が明かりをともし、
飛び交う候。
六月十一日から十五日頃。

❖蟷螂生《かまきりしょうず》
蟷螂が
生まれる候。
六月六日から十日頃。

❖梅子黄《うめのみきなり》
梅の実が熟して
色づく候。
六月十六日から
二十一日頃。

保坂和志

ほさか・かずし

一九五六年山梨県生まれ。
一九九三年『草の上の朝食』で野間文芸新人賞、
一九九五年「この人の閾」で芥川賞、
一九九七年『季節の記憶』で
平林たい子文学賞、谷崎潤一郎賞、
二〇一三年『未明の闘争』で野間文芸賞、
二〇一八年「こことよそ」で川端康成文学賞を受賞。

お田植えと刈り取り、田舎の二大行事は学校の休みと時期がズレるから九月に三歳十一ヵ月で母の実家からこっちに引っ越した子どもの私がそれを憶えているはずがない。その三ヵ月前の六月に妹が産まれた、母に赤ちゃんが産まれると知ると私は、

「はなこが産まれる」「はなこが産まれる」と、

近所にふれまわった、

「へえ名前を決めてるだけぇ？　あさみさんもずでえ準備がいいじゃんね。

じゃあ、男のボコの名前は何でぇ。」

「妹だから女に決まってるじゃん。」

私は得意だった、赤ちゃんが産まれたのは六月二十七日、予定日より三日遅れだったが、赤ちゃんは私が言っていたとおり女の子だった。その年の六月は五月から雨が多かった、当時を回想する人は大人たちはみんな雨に打たれた国会周辺のデモを思い出すが子どもたちの記憶はいつだって晴れだ、その年は七月になっても雨が多く、八月には台風が八つも九つも

日本列島に上陸したり接近したりした、しかしそれはまだ先の話だ。

三つ四つのまだ字の読み書きに縁のない子どもは妹がお母さんのお腹の中にいる頃から産まれた姿を知っている。自分が産まれてきた産道の風景も産まれた瞬間の風景も胎内の風景さえも憶えているからその記憶を媒介にして彼の前に何週間後に産まれてきた妹とお母さんに近づいては対話したものだ。子どもはそれがあたり前だと思っていたから庭の奥の柘榴《ざくろ》の、緑の中でも最もあざやかな緑色の葉に囲まれたあちこちにこれもまた最もあざやかな自分で光を発しているような朱色の花が咲いているのがみんなに見えていて、その色のあざやかさをみんなが知っているのと同じように子どもは人にわざわざ言わないものだった。

とは言え、みんな知っているとわかっているからいちいち言わないことと人に言ってはいけないと思うから言わないことは子どもにしてみれば同じことで、それは本当のところ読み書きをする大人にも同じことなのだ、秘密を秘密たらしめる核は一を口にすれば十みんなが理解すること、みんながすでに知り尽くしていると思うから憚《はばか》って口にしないことだ。

三週間後に妹が生まれてくる六月はじめ、母の実家の祖父、伯父、伯母、手伝いにきた伯父たち伯母たちはお田植えに出た、田んぼにはちょうど細い明るい雨が降り、田植えする足元ではどじょうとおたまじゃくしと川海老が泳いでいた、蛭《ひる》もいた、タニシもいた。直子姉はまだ母屋と別に建っていた台所で祖母とみんなのお茶の用意をしていた、お茶請《う》けは漬物と野菜の煮物だった、それには鶏肉も入っていた、太巻きの寿司と稲荷寿司もあった、伯父は田んぼに行きはするが要《い》らぬ指図をするばかりで他の時間は畔《あぜ》にすわって煙草をのんでいた。

　幸二兄は私を連れてザリガニを捕りに行った、ザリガニは富士川の土手に向かう田んぼの真ん中を真っ直ぐに走る、車一台分の幅がある道の脇の用水路にいた、道はもちろん土だった、たまに車が通ると土埃が立った。幸二兄は何事によらず殺生《せっしょう》が好きで中でもザリガニ捕りは暇さえあればやっていた、私はまだ三歳だからいいも悪いもわからずついていった、私は幸二兄の行くところどこにでもくっついて歩いた。

　大人の赤いザリガニの餌《えさ》にする子どもの茶色いザリガニを水路の底をさらったザルから小さいバケツに移し、そこから一つつまんで胴から尾をちぎり取る、ぷりぷり柔らかい尾を鉄の先の曲がった針に通す、通していると、

「おい、」

　と祖父が腰を伸ばして向こうから呼んだ、

「そんねん、ジャリガニばっか捕ってると、そのうちおまんもジャリガニみとような脚んなっちもうど。」

「へん！」

と幸二兄は両手をザリガニの鋏《はさみ》のように閉じたり開いたりして見せた、

「まったくあいたァ殺生してると人が変わるようどお。」

ふだんは幸二兄はおとなしくて祖父の膝にのって、祖父が本を読んで聞かせるのを三十分でも一時間でも黙って聞いていた、

「ヤマトっちゅう国の男の話だ。いい年したオッちゃんだ。村のなめえも男のなめえもわからんちゅうこんだから、ゴンべやんちゅうこんにしとくだ。

ゴンべやんは心根《こころね》が悪かっただ。思いやりの心がいっさらなくて、動物の命を殺して喜んでいただと。ある日、ゴンべやんはウサギをひっつかまえて皮をはいで裸にして、ほいでもってまた山に返しただと。ウサギは赤肌《あかはんだ》んなって、『痛えよ』『痛えよ』って泣きながら逃げて行っただ。

ほしたら、幾んちも経たんうちに、ゴンべやんは体じゅうができもんだらけんなっただと。皮んジクジクただれて膿だらけんなっただ。

ゴンべやんは『苦しいよお』『苦しいよお』って言ったけんど、へえ手遅れさ。誰にも治すこんができんで、ゴンべやんは泣き叫びながら死んどう。

どうだ、幸二、わかったか？　インガオウホウっちゅうはこういうこんだど。ジヒの心を持って、生き物にやさしくしてやらんと、自分もそのうちに同じ目にあうど。

ジヒの心っちゅうは生き物にやさしくしてやるっちゅうこんだ。」（日本霊異記《りょういき》上巻第十六）

祖父が幸二兄に本を読んで聞かせていたあいだ祖母は、母屋と別の土間のままの台所で夕飯に出す鶏の首を絞めて、カネのバケツに入れて煮え湯をかけて羽を毟《むし》り取っていた、煮え湯がかかった途端鶏の羽は特別な臭いと湿っ気を発散する、それは六畳ほどの土間の台所全体を満たし、小児喘息だった私の胸を満たし、肌まで臭いと湿っ気で塞がれた、いまなら髪の毛にも臭いがついたと感じるだろう。直子姉は台所の隅で唇を歪《ゆが》めて祖母のするのを見ていた、直子姉はその朝奥の鶏小屋の餌をやったのだった、

「あとはアタシがやるじゃん。」

直子姉は朝自分が餌をやった鶏が絞められるから祖母から離れて台所の隅で唇を歪めたのでなく、単純に羽に煮え湯がかかった瞬間の臭いがダメなだけだった、もっといえば煮え湯をかけるときに一度失敗して手を火傷したことがあって（たいした火傷ではなかった）それでその瞬間だけ離れていた、ひどい火傷だったら伯父がそんなことさせておくわけがなかった、

「若い娘がそんなこん、しんでいい。」

直子姉は伯父の目を盗んで鶏を絞めて捌《さば》くのを手伝った。淳一兄は小さいうちは幸二兄のように祖父の膝にのって本を読んでもらったが今は自転車ばっかり乗り回していた、明るい

うちは私をハンドルとサドルのあいだに子供をすわらせる硬い、シートなんて言葉がなかった、カネ製のただイスと呼んでいたちっくいボコ用のイスにすわらせて田んぼのあいだの道を行って、富士川が見える堤防の上の道を走った、堤防の向こうも水の流れる川まではだいぶ遠く、川原にはナスやトウモロコシの畑があり少し向こうでは牛がたくさん放し飼いされて草を食べていた。

馬も少しいた、馬や牛のあいだを野犬が歩いていた、淳一兄の自転車で堤防を走っていると向こうから旗を立てたトラックが来た、トラックには荷台に人が何人も乗って人の数と同じくらい大きい旗が立って風になびいていた、

「快傑ハリマオだ！」

「アンポハンタイだ。

旗ァ立って、みんな国会行くだど。」

「ほんだって、奴隷がみんなでハリマオ歌ってたよ。」

「奴隷じゃねえ、大学生だ。

あの歌はインターナショナルっちゅうだよ。」

「ハリマオじゃなかっとうけ。」

少しがっかりだったが何本も旗を立って人が奴隷みたいに荷台にいっぱい乗ったトラック

は格好良かった、六月の曇天空を背景に旗を立ったトラックは走って行った、私はテレビの中の白黒映像を見るように走り去ってゆくトラックを見た。

六月といっても晴れていなければ夕暮れはあまり遅くない、少し暗くなると淳一兄は家に戻って私を降ろして自分はまた富士川の川原に行くのだった。安保反対の国会前のデモ隊の衝突に淳一兄の同級生たちは興奮して、毎日夕暮れが近づくと川原に自転車で集まった、六年のクラス同士が組になって総勢百二十人。それが、

「アンポハンタイ！　アンポハンタイ！」

と気勢をあげて自転車を全速力で漕《こ》いで真っ正面からぶつかり合う、背中にはシャツに棒を立って目印の細長い切れをなびかせた。どの家にも布団の端切れがいっぱいあった、それを紅組と白組の目印にした、手本は〈安保反対〉の旗だ。

甲州の子どもたちは国会前のデモ隊の衝突を見て川中島の合戦を思い描いたのだった、武田信玄と上杉謙信のあれだ、本人たちはどこまでも国会前の安保反対だと思っている、子供心に今が天下分け目の関が原だと感じているから毎日、少々の雨でも夕暮れどきに川原で興奮して自転車を馬にして、六十人ずつが真っ正面からぶつかり合った。

淳一兄が帰ってくるのを私はいつも心待ちにした、川原の方からの家の脇の細い道に砂利が敷いてあるそれが淳一兄の自転車が来るときの音が違っているのがわかった、子どもは耳

がいい、私は庭に迎えに出て、

「ヤスオちゃん、きた?」

と訊くのだった、

「ああ、いたさ。

まいんち、まいんち、ヤスオがどうしただ?」

「いい、」

私は水原ひろしが大好きだったのだ、

「くーろい、はなびら、しずかにちった」

私は長いこと水原ひろしが男の中で一番カッコいいと思っていた、私はヤスオちゃんは水原ひろしそっくりだった、小学生でどこが似ていたのか見当もつかない、目の形だったか顎《あご》の形だったか頰の肉か唇の開き方か、どこかが似ていた、もしかするとその中の三つぐらい似ていた、そのどれも似てなかったとしても不良っぽい感じが似ていた。

私はその後も小学校を卒業するくらいまでだったかかなり長いこと年上の男の子を見て、水原ひろしに似てると思うと自分でも抑えきれないほど憧れてその人について行きたくなった。川原から帰ってきた淳一兄は川原の草と土の匂いがした、
風がくれば人はダイナモになり、だ。

木はみな青いランプをつるし
雲は尾をひいて馳せ違ひ、だ。（『春と修羅　第二集』より）
馳せ違ひというのがいい、ついさっきまで自転車をぶつけ合ってた淳一兄たちのようだと私は思った、淳一兄は私を喜ばそうと、黒い花びらを歌い出した、
黒い花びら　静かに散った
あの人は帰らぬ　遠い夢
俺は知ってる　アカシアの雨に打たれて
このまま死んでしまいたい
夜が明ける　日がのぼる
恋の悲しさ　恋の苦しさ
だからだから　もう恋なんか　したくない
したくないのさ――
「歌なんばっか歌っていんで早くこっち来お。」
礼兄が呼びにきた、
「今日はお田植えだから、おばあちゃんの海苔巻きだ。
昼めし食ったらあさみ姉ちゃんが橋本さんに入院に行くから、淳一はそっちをてんどうだ

ど。」

「お母ちゃん、今日入院だっとうけ?」

「ほうさ、赤ん坊が産まれるまで橋本さんにいるだよ。」

はなこはこの家でみんながしゃべるのを聞いて楽しんでたのに私は心外だったがそういうことを言う言葉を知らなかった、

「おんのときみとようにここで産むじゃなかっとお?」

「チャア坊はレーガイっちゅうだ。」

「あんときは橋本さんがいっぱいだっとおだ。」

それで私はこの家で産まれた、祖母が臍《へそ》の緒を切った、祖母は末っ子の母とそのすぐ上のなみ江伯母、十人きょうだいの下の二人のときも産婆を呼ばず自分で出産して臍の緒を切ったのだと言う、孫で祖母に切られたのは私だけだった。

廊下を歩いていくと旗を立った人が道を訊いてきた、礼兄は富士川の堤防の方を指差した、この人はこんねに簡単な道のどこがわからなかったずらかと思った、

「今の人もアンポハンタイけぇ?」

「ほうさ、お田植えのないうちの人はみんな行くだよ。」

堤防には安保反対行きのトラックの乗り場があったんだろうか。昭和の初期までは富士川

は水運が盛んで鰍沢《かじかざわ》はその要所で町は毎日お祭りのように賑やかだったと、かつて父が言った、鰍沢と増穂《ますほ》は都会でデパートもあった、デパートのような店か、鎌倉に来ると鎌倉は山梨みたいに商店が並んでなかった、その富士川沿いに安保反対の人たちは国会前を目指した。

まさか私の記憶のように右に行ったのではないだろう、みんな左に行ったはずだ、富士川は左から右に流れた、朝《あした》に道を聞かば夕《ゆうべ》に死すとも可なりだ。みんなが大変な思いをしてそこに向かうその深意は何だったのか？　反戦？　本当にそうだったんだろうか。

対米追従反対？

物見遊山？　まさか。

連帯だった。みんながそれぞれの土地や景観や風土を携えてそこを目指したのだった。富山は立山連峰、岩手は北上川、山形は出羽三山、山梨は？　富士山？　富士川？　彼らは八ヶ岳おろしだった、冬の空をどこまでも青く、藍ほどにも青く、乾いて身が切られる寒さの八ヶ岳おろしによって冬の甲州盆地の空はカリブの真夏の空よりも青く染まる。

巡礼者たちは富士川の川沿いにつづく道を歩いた、道が川から離れ視界が木で被《おお》われると不安になった、川の音はずうっと聞こえていたが音というのは思いがけない反響で方向がわからなくなる、まして川の音は馴れない巡礼には絶え間なく同じ音がつづいているとしか聞こえなかった。

その絶え間ない川の音に時間という刻みを入れるかのようにウグイスが鳴いた。ホーのあとに一拍、ときに二拍分も間をおいて、ホケキョ！　と鳴く瞬間、視界が澄みわたった。

気づかないうちに起伏が大きくなってくるその何度目かの上りが終わりしばらく平坦な道がつづく、苔むした小さな墓石があり巡礼者はそこで一息つくのだった、道の両側は斜面なのでそこに茶屋を作ろうなどとは誰も思わず、ただ簡素な腰掛けが、お地蔵さんの赤い前垂れが誰がするともなく新しくなるように（あれは前垂れ、前掛けでなくよだれ掛けとみるのが正しいようだ、赤ちゃんにつかったよだれ掛けを掛けて、お地蔵さんにその子の匂いを憶えてもらって守ってもらうのだと）、巡礼が体を休める腰掛けは古びると新しくなって墓石の傍に置かれていた、注意して見ると腰掛けの坐面の下には坐布団がたたんで仕舞われてもいた、雨に濡らさぬ配慮だ。

それは中世にまでさかのぼり巡礼たちが長旅で傷めた足もそこで休息をとるうちに不思議と回復しているのだった。この苔むした小さな石の下に眠っているのはここの人たちから尊敬された偉い僧に違いない、いやこんなに粗末な墓石はここで行き倒れた旅の僧のものか、僧の徳の高さや霊力は墓石の大きさやましてや寺の立派さに関係ない。

ここにお石塔を建てらだ、地元の人たちがある日祖父にお石塔を依頼した、祖父はありがたく引き受けた。

道案内されてはじめて見た墓石は人の頭ほどの大きさしかなかった。はじめてここを通る巡礼たちはこの墓石など気がつかず、ただ傍の腰掛けに腰をおろしただけだったんじゃないか、それでも墓石は際立って古い、雨と風と露とさすった掌とですっかり表面が滑らかになっていた、苔もビロードのようだった。

さて祖父は墓石に向かって合掌し深く頭を下げ、それを動かそうとすると意外にもその人の頭ほどしかない石が動かない。

土の中にこの石の下が深く埋まっているに違いない、これは石碑の頭のようなものだったか……、それはそうだ、そうでなければこんな小さい石が何百年も動かずにここにあったわけがない（そもそも祖父は何百年という話も信じていなかった）、もともと祖父は最初にこれが墓石だと道案内の人に教えられたとき、

「こんねんちっくい石、途中ですり替わっても誰もわからんら。何十年かにいっぺん他の石になってるさ。」

と考えたくらいだった、もちろん依頼主の前だから終始神妙な顔をしていた、

「しばらく待っててくれるけ？

お上人《しょうにん》さんに訳を言って相談してくるじゃん。」

祖父は若いが学があり人柄も高潔なことから自然とお上人さんと呼ばれるようになった住職に事の次第を伝えると、お上人さんはお経が読めればそれが一番だがまずはこれを読むといいと言って、日本霊異記を貸してくれたのだった。

祖父は信仰心の不思議、経典の不思議な霊力が書いてある日本霊異記の上巻を読み終わって、墓石のところにあらためて参ると、墓石は拍子抜けするほど簡単に動いた、人の頭ほどと見えた石はまさに頭ほどの大きさで土に下が埋まっているということも少ししかなかった。

祖父はその下を少し掘ると漆塗りの箱が出てきた、漆の箱は相応に古びていたがまだじゅうぶんに使用に耐えるものだった、慎重に掘り出そうとしたがうっかり蓋が開いてしまった、中には日が経って腐り出した魚がいた。

これはすっかりここの人たちに担がれた、と思って上から土の中を覗いている人たちを見上げると、立会いの四人ともいたって真剣な面持ちで箱の中の腐りかけの魚を見つめている、祖父は四人の了解を得てお上人さんの元にその箱を持っていくことにした、途中、魚から出た汁が垂れてくるようだった。お寺に着いて箱を開けると中の腐りかけの魚は法華経八巻にかわっていた。

祖父がまだ弟子を何人も持つ前の話だ。祖父は明治十六年に生まれた、日露戦争に行き、二〇三高地を生き残って帰ってきた、日露戦争は明治三十八年に終わる、明治はそれからまだ七年つづいた。

いま季節の名前を呼ぶこと

――二十四節気七十二候について

白井明大

白井明大

しらい・あけひろ

一九七〇年東京都生まれ。
詩人。
著書に『日本の七十二候を楽しむ―旧暦のある暮らし―』、
詩集『心を縫う』『くさまくら』『歌』など。
二〇一六年『生きようと生きるほうへ』で
丸山豊記念現代詩賞を受賞。

季節というのは、時とともに移ろう自然のありように、人がつけた名前にすぎません。

だとしても、たとえば春を思い浮かべるなら、雪や寒風の時もいずれは去り、やがて草花の芽吹きの時がめぐりくるだろうと待ちわびる気持ちが湧いてきます。ひとつひとつの季節の名前は、もともと自然に具わっているものではなく、人が暮らし、生きることと結びついて、過ぎゆく歳月に刻まれた印なのだと思います。

日が昇り、また沈む一日。月が満ち、また欠ける一月《ひとつき》。そしてはるか古《いにしえ》の人は、日が昇る方角や昼夜の長さの変化から、太陽の運行に沿った一年の周期（太陽暦）に気づきます。

時代が下ると、春夏秋冬の四季だけでなく、移ろいゆく自然の兆しをこまやかに感じとり、一年を二十四等分した二十四節気や、より微細に七十二等分（二十四節気を三等分）した七十二候という季節の変遷をも、人は暦として日々の生活に取り入れてきました。

たとえば二十四節気には、春分や夏至、立秋、冬至といった、いまの暮らしの中でも親しまれる季節が散見されます。そのほかにも、真冬の時期の大寒や、しだいに春めく頃の啓蟄《けいちつ》など聞き覚えがあるかもしれません。

七十二候は少し変わった暦で「鶯《うぐいす》鳴く」(「黄鶯睍睆」)、「桜始めて開く」(「桜始開」)というように、鳥や花、獣、風や雨などが見せる自然の表情をそのまま季節の呼び名にしています。あたかも折々の生命の営みをいつくしむかのように。

一説によると、聖《ひじり》という語は〈日知り〉に由来するそうですが、日を知り、時を司《つかさど》り、天体の動きに精通して高度な暦を生み出すことは、古代の世界では権威の象徴であったのかもしれません。また、種を蒔き、苗を植え、実りを刈り入れる田畑仕事の頃合いを知る上で、二十四節気や七十二候は農事暦としての役割を担っていました。

古代中国の陰陽思想に基づく旧暦では、一年でもっとも夜の時間が長くなる冬至は、陰の気がきわまる時と見なされます。それゆえ冬至を境にだんだんと日が伸び、陽の気が満ちはじめるという意味で、一陽来復とも呼ばれます。七十二候でいうと、大鹿の角が生え変わる（「麋角解《さわしかのつのおつる》」p.7）、変化の節目となる候です。

小寒になると寒の入り。七草の芹《せり》が盛んに伸び、雉《きじ》が恋して雊《な》く候とされます（「雉始雊《きじはじめてなく》」p.17）。小寒と大寒を合わせて寒中といい、とくに大寒は寒さのピークの時期ですが、もう春はすぐそこだよと、春隣《はるとなり》ともいわれます。昔は鶏卵にも旬があり、鶏が卵を産みはじめるのはまさに春到来の先触れでした（「鶏始乳《にわとりはじめてとやにつく》」p.31）。

大寒が過ぎれば、二十四節気・七十二候の一年のはじまり。春風が川の氷を解かす候（「東風解凍《とうふうこおりをとく》」p.45）に立春を迎えます。まだ冷え込みの厳しい折ですが、冬は終わり。早春の寒さは、余寒と言いならわされます。

ひと雨ごとに春の足音が響いてくるのは、立春に続く雨水《うすい》の季節です。大地が潤い、眠りから覚めて（「土脉潤起《どみゃくうるおいおこる》」p.61）、春先の雨、木の芽起こしが草木の芽吹きを促します。若芽が起きたら、こんどは虫たちや花々が目覚める番でしょうか。仲春の啓蟄には、土中の虫が動きだし、桃のつぼみがほころびます（「桃始笑《ももはじめてわらう》」p.75）。

さらに桜咲く春分には、田を言祝《ことほ》ぐように春雷が轟《とどろ》き（「雷乃発声《かみなりすなわちこえをはっす》」p.85）、陽気あふれる清明には、空に虹がかかり（「虹始見《にじはじめてあらわる》」p.101）、恵みの雨が降りそそぐ穀雨には、花の王とうたわれる牡丹が咲き誇り（「牡丹華《ぼたんはなさく》」p.113）と、うららかな春の季節が連なります。

花の盛りから、風薫る候へ。田植えの時を告げるように蛙が鳴きだすと（「蛙始鳴《かわずはじめてなく》」p.129）、しだいに夏めく立夏が訪れます。あおあおとした新緑に包まれる小満がめぐりくれば、蚕が桑の葉を食べ（「蚕起食桑《かいこおきてくわをはむ》」p.145）、稲や麦を育む芒種《ぼうしゅ》に入れば、蛍が舞い飛び（「腐草為螢《ふそうほたるとなる》」p.159）、梅の実が色づき、梅雨のさなかへと……。

春なら春、夏なら夏といえば済むはずが、変わりゆく季節をこまやかに呼び分けることに、現代ではどのような意味があるのでしょう？　時の流れに名前があるということは、いまがいつでも変わりないわけではなく、たしかに今日を自分が過ごしている、と実感できることにつながるのではないでしょうか。季節の名を知ることは、いまこの時を満ち足りて生きることと地続きであるように思われます。

咲く花や、鳴く鳥、吹きくる風や、もやけぶる山の眺めなど、目の前に現れるあらゆる事物事象が季節の名づけの由来であることを思えば、今日一日の中で目にとまった情景や、気づいた旬の兆しこそが、今日の季節ともいえるのではないでしょうか。すでに定められた暦からさえ自由に、人が、生命が、時を綾なすさまに心惹かれたなら、それが身近な日常であれ、この本に収められた掌篇であれ、あなたにとって何よりの候に違いありません。ほら、そこに、また小さな季節が。

初出
「群像」二〇一八年一月号、二月号、四月号、五月号

掌《しょう》篇《へん》歳《さい》時《じ》記《き》　春《はる》夏《なつ》

二〇一九年四月二十二日　第一刷発行

著者
瀬《せ》戸《と》内《うち》寂《じゃく》聴《ちょう》　絲《いと》山《やま》秋《あき》子《こ》
伊《い》坂《さか》幸《こう》太《た》郎《ろう》　花《はな》村《むら》萬《まん》月《げつ》
村《むら》田《た》沙《さ》耶《や》香《か》　津《つ》村《むら》節《せつ》子《こ》
村《むら》田《た》喜《き》代《よ》子《こ》　滝《たき》口《ぐち》悠《ゆう》生《しょう》
橋《はし》本《もと》治《おさむ》　長《なが》嶋《しま》有《ゆう》
髙《たか》樹《ぎ》のぶ子《こ》　保《ほ》坂《さか》和《かず》志《し》

発行者　渡瀬昌彦
発行所　株式会社講談社
東京都文京区音羽二－一二－二一
郵便番号一一二－八〇〇一
電話　出版　〇三－五三九五－三五〇四
販売　〇三－五三九五－五八一七
業務　〇三－五三九五－三六一五

印刷所　凸版印刷株式会社
製本所　株式会社若林製本工場

ISBN978-4-06-515179-2 N.D.C.913 184p 20cm
JASRAC 出 1902459-901

二〇一九年十月下旬刊行予定

掌篇歳時記 秋冬

夏の盛りから虫の音ひびく秋へ、
日ごと寒さは増しやがて雪が……。
「春夏」に続く芳潤な小説集。

西村賢太 —— 乃東枯《なつかれくさかるる》

重松　清 —— 鷹乃学習《たかすなわちがくしゅうす》

町田　康 —— 大雨時行《たいうときどきふる》

筒井康隆 —— 蒙霧升降《ふかききりまとう》

長野まゆみ —— 綿柎開《わたのはなしべひらく》

柴崎友香 —— 玄鳥去《つばめさる》

山下澄人 —— 水始涸《みずはじめてかるる》

川上弘美 —— 蟋蟀在戸《きりぎりすとにあり》

藤野千夜 —— 霎時施《こさめときどきふる》

松浦寿輝 —— 地始凍《ちはじめてこおる》

柳　美里 —— 朔風払葉《きたかぜこのはをはらう》

堀江敏幸 —— 熊蟄穴《くまあなにこもる》

黒井千次

流砂

定価1900円　978-4-06-513309-5

九十代の父と七十代の息子――。戦前、思想検事だった父の書斎から男は奇妙な報告書を見つける。父は何者だったのか？　老いと記憶を巡る小説の冒険。自伝的長編小説。

松浦寿輝

人《にん》外《がい》

定価2300円　978-4-06-514724-5

「それ」は神か、けだものか。巨木の枝の股から滲みだし、現れた人外《にんがい》は、予知と記憶の間で引き裂かれながら、世界のへりをめぐる旅を続けていく。ゆくてに待ち受けるのは、いったい何か？

高橋源一郎

今夜はひとりぼっちかい？

日本文学盛衰史　戦後文学篇

定価2000円　978-4-06-218011-5

「文学なんてもうありませんよ」――その恐ろしい囁きに、タカハシさんはどう答えるのか？　文学史そのものを小説にする、著者のライフワーク「日本文学盛衰史」。最新刊のテーマは「戦後文学」！

◆表示価格は定価（税別）です。

地球にちりばめられて

多和田葉子

定価1700円　978-4-06-221022-5

留学中に故郷の島国が消えてしまった女性Ｈｉｒｕｋｏは、青年クヌートと共に、自分と同じ母語を話す者を捜す旅に出る——。世界文学を切り拓く著者の新たな代表作《サーガ》！

静かに、ねぇ、静かに

本谷有希子

定価1400円　978-4-06-512868-8

インスタにアップする写真の中でだけ僕らは「本当の旅」を実感できる——。ＳＮＳに頼り、翻弄され、救われる私たちの空騒ぎ。不穏なユーモアが炸裂する、芥川賞受賞後第一作。

日曜日の人々《サンデー・ピープル》

高橋弘希

定価1400円　978-4-06-220708-9

第三十九回野間文芸新人賞受賞！　亡くなった従姉から届いた日記をきっかけに、僕はある自助グループに関わるようになった……。死に惹かれる心に静かに寄り添う、傑作青春小説。